光 明 文 丛

永不凋零的時光

刘 炜 著

四川文艺出版社

图书在版编目（CIP）数据

永不凋零的时光 / 刘炜著. — 成都：四川文艺出
版社, 2024.2
ISBN 978-7-5411-6854-3

Ⅰ.①永… Ⅱ.①刘… Ⅲ.①散文集－中国－当代
Ⅳ.①I267

中国国家版本馆CIP数据核字(2024)第023838号

YONGBU DIAOLING DE SHIGUANG

永不凋零的时光

刘炜　著

出 品 人　谭清洁
统　　筹　朱 兰
责任编辑　朱 兰　蔡 曦
封面设计　魏晓舸
内文设计　史小燕
责任校对　段 敏
责任印制　喻 辉

出版发行　四川文艺出版社（成都市锦江区三色路 238 号）
网　　址　www.scwys.com
电　　话　028-86361802（发行部）　028-86361781（编辑部）

排　　版　四川胜翔数码印务设计有限公司
印　　刷　成都蜀通印务有限责任公司
成品尺寸　145mm×210mm　　开　　本　32 开
印　　张　8　　　　　　　　　字　　数　190 千
版　　次　2024 年 2 月第一版　印　　次　2024 年 2 月第一次印刷
书　　号　ISBN 978-7-5411-6854-3
定　　价　49.80 元

目 录

辑二　闲来读一些旧信

辑一

八月已然有了些许秋意

长春北路的羊蹄甲花又开了

***

夜静了下来，我手抚胸口谛听着。神就在房顶之上，我不说话，他也明白我想要什么。茅洲河在不远处安静地流动，两岸的灯光让它的每一个涟漪，都有了迷幻的色彩。道路上行驶的车辆和行人，像一场无声电影，作为配角，我的台词和这场电影一起被时间扣押，到黎明才能赎回。夜深了。一切都安静了下来，沉睡的人与失眠的人构成的某种平衡，狗吠与婴儿的啼哭都未能打破。在城里星星的伤口被灯光掩饰，不像乡下的星空那般一目了然。

今夜长春北路的羊蹄甲花又开了，去年我记得也是这个时候开的。临近年底，我的耳朵时常出现幻听，一左一右被蟋蟀声填满，像爆满的邮箱，再也接受不了任何邮件。今夜我独自一人看着这个沉睡的世界，它似乎很疲惫，疲惫到我不忍将它叫醒。

***

这个下午的阳光是好的，贴着三〇五的窗户往下看，地上的积水已干了，点一支烟压下雨后的困倦，对面楼里的女人正在打扫卫生，把积攒的纸箱、饼干盒、饮料瓶、易拉罐、旧衣服、旧书、旧杂志都捆在了一起。

我大约着给她估算了一下，黄板纸饼干盒按七毛一斤算；饮料瓶易拉罐按五分一只算；旧衣服旧杂志按一元一斤算；应该能卖个三十块左右，可抵工厂的两盒盒饭。

这个下午的阳光是好的，秋雨过后人们该干吗还干吗。没有人抱怨，也没有人喊疼，总的来说生活还是美好的，井然有序的。我下楼去拿快递在阳光里穿行，就像河里的鱼对这个世界没有一点威胁。

这个下午的阳光是好的。至于，具体好在哪里？明天再告诉你。

***

今日的流水是新的，两岸的草木也是新的装扮；今天的云朵是新的，天空也换了颜色。在茅洲河边散步，碧道的工作人员要我快离开河边，说台风就要来了。我想说我是海边长大的，这点台风算什么。但没有说，我怕说了得罪茅洲河。在光明生活的这几年，茅洲河是我最好的朋友，给了我许多美好与快乐。我们几乎每天都会见面，谈诗，谈人生，还不止一次地合过影。如果我无意间惹到了它，即便它不在意下次再见，我还是会尴尬。

一个内向的人凡事都不会解释，只会在心里交由时间去化解，但就这一点，我与茅洲河对脾气。台风就要来了，我离开河边，作为朋友彼此除了友情，都还应有一点敬畏。

台风来了，茅洲河上的涟漪，我想用澎湃这个词形容，不知会不会夸张？茅洲河说，若你用澎湃形容心情都不算夸张，到我这自然也算不得夸张。

谁说这世上没有两片相同的树叶，我看满树的树叶都是相同的。就如同满大街忙碌的人，看似不一样，其实都一样。都怀揣着各自的快乐与忧伤，从不轻易示人。我就是这群人中的一个，他们似乎都比我幸福，我也跟着他们一起幸福。没有被泥土埋葬，也没化作灰烬，还有干净的空气和河流，还有阳光，树木与花草。在这世上行走，风会抚摸着告诉我明天是晴还是雨。

只要在这世上还有牵挂，就不敢一步登天。不管被生活怎么对待，好吧，我承认，我们都是幸福的人。

***

光明的秋天终于有了秋天的样子。风带着毛茸茸的小刺梳理着每一个毛孔，往篮球场的台阶上一坐，体验了一会秋意，应胜过地铁的弱冷车厢。一只黑色方便袋在风中飞舞，引得狗的一阵狂吠。榕树下的几片落叶像枯叶蝶，风中又有了重上枝头的信心。

光明的秋天，始终还是暖和的。只是在清晨才会有那么一丝凉意，让人生出了穿长袖的念头。太阳一出来，才发现这个念头多么可笑。光明的秋天就像是好脾气的父亲，极少露出的严肃。我早已习惯了它的宽厚和善意，有时也会在心底里矫情一下，光明的秋天，我爱你……

能有多爱呢？至少像大榕树上的树叶对大榕树的爱。

***

雨停了，还能听到零星的滴水声。

若现在去摇树，每一棵树都还会下一场雨。或者，那也不算雨，也不算记忆和伤痛，只是被雨打过的枝叶抓住了一部分雨，像抓了一批战俘，按政策放了它们。于是乎摇树的人又被淋了一身雨。但毕竟天还是晴了，太阳出来了，美好的事情还有很多很多，譬如早晨对面墙上的阳光，我一直想捉住它们，至今还未如愿。

***

十月的茅洲河很平静，岸上的树木与花草都很平静。天空蓝得细致，白云白得认真，蝴蝶飞得比鸟还轻盈。

风被阳光灌醉了还没醒。休假的人们散步，唱露天K，打篮球，或者，躺在草地上假寐。他们不怕蚊子，不怕红蚂蚁，他们大声地说话，开心地笑，丝毫不影响茅洲河的沉思与冥想。

黄桷树上的一只小鸟羽毛蓬松，在这棵树的枝头叫了两声又飞去另一棵树的枝头叫了。像爱串门的孩子。天空还是那么地蓝，白云好像又换了一批。一架飞机飞得很慢，我听不见它的轰鸣声，仔细听也没听见。

风醒了，岸上的树木与花草都摆动着身体，跳起了舞。

仿佛正与人们一起过节。

***

喜鹊在楝树上叫着，十月的阳光灿烂，像一把鸡毛掸子，掸着内心的忧郁。故乡的麦子种了吗？还有蚕豆什么的都种了吗？这么些年生活在城里，它们的生辰八字，总会搞岔。

喜鹊在楝树上叫着，在瓦楞上跳着。我想起了老家花板床上的两幅喜鹊登梅，栩栩如生的神情。十月的心情很好，我见过的人心情都很好。不管人生多么不堪，总有几个好日子是值得留下的。譬如说十月的今天我就想留下多待一会儿，晒晒太阳，听喜鹊多说几件喜事……

红花山

光明这个词太大了，小时候写得太多，便觉得有些难以企及。只不过人是可以变通的，当我把光明想象成窗前的一束阳光，夜晚的一盏灯，天空闪烁的星光，灿烂的早霞，当然也可以是燃烧的晚霞，一切发光的事物，可以亲近和触摸的事物，就亲切多了，亦如朋友。

我来光明，自然也是水到渠成的事了。

在我未来光明之前，光明对于我来说或者就是一座山，红花山，至于其他的，我可以说完全是陌生的。

写一个地方，肯定会写山水，写光明的山肯定得写红花山，因为它是我在光明认识的第一座山，也是我在光明爬过的第一座山。山不高，但台阶宽阔，目测了一下，可供一二十个人并排上山……

久不爬山，每爬十几个台阶我都得扶着栏杆喘一会儿，尔后，再鸟瞰一下光明，红花山每一个高度，都会有不一样的风景。红花山不高，所以谈不上险峰，但风光却依然是无限的。四月，或者五月，樱花盛开的时节我都错过了。但也并不觉得可惜，山上还有很多花在盛开，有一对恋人面对着一树白花，背对着我，让我对爱情重又充满了遐想。那一树盛开的白花是樱花吗？如果是，也是过了季的樱花。

错过，其实不是什么很了不起的事。人的一生说短暂也短暂，说漫长也漫长。谁还没有错过一些什么。有时候，是一些人，有时候是一些机会，有时候是一些缘分……我不怕错过，因为错过的已然错过了。那一树白花是樱花吗？如果是，我就没有错过它的花期，或者是春天对于我的一种弥补，可春天为什么要弥补我呢？我想它一定是在弥补我对这个世界的善意。不仅是樱花，也不仅是美好的春光。我用手机里的行色，想弄明白那一树的白花究竟是不是樱花，可最后还是作罢。

站在红花山上，我似乎就比明和塔稍矮一点，比蓝天与白云矮一点，比一群飞鸟矮一点……极目远眺，光明尽收眼底，高楼大厦尽收眼底，仿佛只要我大喊一声，红花山是我的，红花山就是我的了。

说到明和塔，说是塔，却更像是一座寺庙，时有诵经声，萦绕于耳，也时有穿着僧袍的僧人出入，却并没有香客，便又觉更像是塔。

茫茫世界，芸芸众生，若心需要一个落脚处，我想红花山极好，山上的明和塔极好。

人生难得糊涂，难得糊涂，是我的江苏老乡郑板桥的座右铭，虽然我们并不生活在同一个时代，但道理还是一样的。有时候，过得太明白了也许并不是啥好事。越清醒，遗憾越多，错过的也越多。读鲁迅，记得的除了人血馒头、祥林嫂的絮叨、《伤逝》里爱情的疼痛、茴香豆、偷瓜的猹……当然还有阿Q的精神激励法，和他的经典名言，吴妈我要与你困觉！因而我觉得阿Q的精神激励法也并没有多么不堪，至少，会像是一杯咖啡，能让自己兴奋一阵子。吴妈我要与你困觉！也许是人性的最直接、最真实的表达方式，再没有其二。

如若红花山，如若那一树的白花，如若我说它是樱花它就是樱花，我便会觉得这一个春天，甚至是这一生，什么都未曾错过。

记得上山的路上遇到一只蚂蚁，先蹲下看它爬行，就算是打了招呼。然后，拿起手机拍照，说要画它。眼看它就要爬出镜头了，我便用树枝拨一下，就像小时候，照相馆的师傅会轻轻地推一下我的脑袋，哎。对了，就这样，别动……照片就拍好了。显然蚂蚁没人听话，我一直用树枝拨它，拍好了照片，放大，蚂蚁似乎一下就变成了牛。再然后，继续上山，再下山……

回眸处，红花山依然，但我已回到了自己原来的位置。刚刚我还说占领了红花山，现在，却已被红花山占领……

麻石巷

麻石巷，在楼村，巷子很深，不知卖不卖酒？巷子的麻石，铺得也不算整齐，老房子里的人，过着与我们一样的市井生活。洗衣做饭，上班下班，匆匆忙忙，又从从容容。六百年，如果藏一坛好酒，现在打开，会香成怎样，真不敢想。

麻石巷，对于我来说就是这样一坛酒。一直想喝，又有点舍不得喝的一坛酒。可麻石巷豪爽，不管你是天南地北客。只要你到了麻石巷，想喝这坛老酒，就两字，管够，管醉……然后，你愿泼墨泼墨，愿写诗写诗，愿耍酒疯，骂一骂街，唱上一曲……都由着你来。

楼村自古民风淳朴，住麻石巷的人亦然。

巷子里骑单车的人，一边摇铃，一边加速，嘴里哼着歌，两个追打着玩儿的孩子，书包带断了，索性在麻石板上拖着。若我是家长，一定会骂他们几声，你们这些熊孩子，书包可贵，是你们吃饭的家伙，要知道爱惜……但也可能我什么都不会说，只是看着笑，谁还没有个顽皮的童年。

K578经过楼村荔枝园，满眼的绿好像在流淌，天空是蓝的，云是白的。车上的人都在睡觉，独我一个人看着窗外。秋天的楼村像一幅画一直铺展到天边，我知道画中有一条六百岁的麻石巷。在楼村工作的文友，曾说要约我去麻石巷喝酒采风，却还未能成行。好在六百岁的麻石巷从不怕等待。我也不怕等待，只要是对的地方，对的人。

k578驶过的楼村的荔枝园，与昨天经过的已不是同一个荔枝园，但麻石巷还是六百年前的麻石巷，它的每一块，并不算方正的麻石就像生命中许多灿烂，抑或不堪的日子，都会在秋天安静下来。

关于楼村的传说有许多，这也不难理解。记得看一档综艺节目，叫传话。一句话经五六个人，连说带比画地一传，最后，就全都变了味了，惹得全场人一片哗笑，笑过之后，稍一反思，传一句话尚且如此，更何况，是楼村六百年漫长的时光呢？六百年前应该还是明朝，那时据说楼村还叫漏村。有一陈氏人家在此放鸭，一风水先生路过，讨了口水喝。说这可是一块风水宝地呵。陈氏笃信，于是唤家族来此定居，取名漏村，是说这是一块被人遗忘的风水宝地。后有人说漏字有破财的意思，所以，改成了楼村。那时楼村的人口还没这么多，冷兵器时代的人们，也许总是在经历着战争——宏大的，抑或局部的，零星的战争，经历着比和平年代更多的兵荒马乱，生死离别，因而居住成了一种必须要慎重的选择。依山傍水而居，依茅洲河而居，似乎成了从江西迁徙至此的陈氏族人的福地。后又有风水先生路过楼村，用罗盘等工具一阵忙碌，欣喜至极，大呼风水宝地也，风水宝地也！

想必，麻石巷，应该是陈氏族人在楼村定居后而成。

麻石巷，它离我住的地方并不远，步行估计也要不了一个小时，六百岁的麻石巷，并不很深很长，散会步的工夫，就走完了。但走完的只是今天的麻石巷，六百年前的麻石巷，麻石巷自己走一回，恐怕还得六百年。麻石巷，都是麻石铺的，我们今天走的脚印，与古人走的脚印，很有可能就重叠在一块麻石板上。拿李白的话说，就是今人不见古时月，今月曾经照古人。

麻石巷如此，我们脚下的每一寸土地又何尝不是如此呢！

楼村就像是一只老蚌，而麻石巷就是它肚里一颗孕育了六百年的珍珠。

白花村

　　白花村，最著名的应该是碉楼与围肚水井。

　　白花村的村口有两棵树，也许就是白花树吧！其实，白花村有没有白花树，我其实并不太在意，也许它就是个美好的愿望。就像我自己不希望日子过得拘谨，而更希望能过得写意一些，就像白花村的旧时光，古老，朴素，安静。

　　白花村并不是白色的，也许白只是白花村心的颜色，就像蓝是天空的颜色、大海的颜色，金色是稻麦的颜色、油菜花的颜色……每个人的内心都有自己的颜色，也许我们一时没看到，但天长日久还是会被发现。

　　就像岁月留给白花村的白。白花村的碉楼看起来很高，可能是因为它是从一间房大小的地方一层层地砌上去的。碉楼有许多方方正正的窗口，很小，好像更适合掩藏与窥视。我想可能与战乱或者匪患有关吧。碉楼虽经时光与风雨的磨砺，看起来却依然坚固无比。每座碉楼都有几尾鱼，把风雨吐成欢快的诗意。雨季刚过，碉楼的墙根有着湿湿的苔痕，从鱼嘴里吐出的水，经过墙根用青砖砌成的排水沟，渗入了白花村的地里。有两只鸽子在碉楼的顶上栖息，一只白鸽，一只灰鸽，它们咕咕咕地交谈着什么。它们是兄弟？还是情人呢？我希望它们是兄弟，晚上约好了一起去喝酒。我也希望它们是情人，晚上约好了一起在碉楼上看月亮，看星星，你侬我侬地好像整个白花村就是一粒蜜甜蜜甜的糖果。当然，它们也可能是战友，从枪林弹雨中传送情报归来，正表达着对和平的渴望……

在村里的小店铺前，有三个孩子，蹲在一起玩着游戏——磕房子。我站在旁边观看，游戏规则与我小时候大致一样，把一块瓷片，瓶底，或者一颗石子，单脚在早已画好的代表房子的方格子里磕来磕去的，只为了占有更多的格子，更多的房子。不是为了做房奴，而是为了做胜利者。房子这些年萦绕在我心头的痛，竟被三个孩子磕房子的游戏给化解了。这个世上除了快乐，似乎任何事物都是不值一提的。

白花村的人显然是快乐的，甚至连檐下的麻雀也叫得那么快乐，就好像又捉到了几条白色的米虫，胖嘟嘟的。麻雀头扬着，好像在说，在其他地方绝对没有这样美味的米虫了。麻雀的毛色发亮，就像民国的奶油小生刚抹了梳头油一般，油光可鉴。

一条中华犬蹭了下我的裤脚，发觉气味不对，快快不快地走了。

我突然觉得那些方方正正的碉楼，是白花村的几枚私章。盖在了岁月的地契上，碉楼灰色的墙体散发着历史的味道，却又好像并不古老，就像随意地搁在抽屉里的几枚印章，染上了灰尘，只要用嘴轻轻一吹，白花村就又焕然一新。只要用嘴轻轻一吹，就能看见章下的红印：白花村。一直走到白花村的村头，才发现白花村著名的围肚水井，它其实也许就是一盒印泥。

清洌的水中，倒映着碉楼的影子。一方不大的池塘，几只鸭子又把白花村归置成了一幅水墨。写意的绿，写意的黑与白，写意的涟漪，被阳光照耀得更加写意。那些碉楼，确切地说，也许更像是随意盖在画上的几枚闲章。对，白花村，就是一幅朴素的写意的田园画。似乎可以让时光倒流，让我们流连忘返。

　　围肚水井，在白花村的中间。更像一枚古铜钱，中间有孔，多边形。倒映的碉楼，像一支笔插在墨水瓶中，它给旧时光写的书信，像遍地的红薯叶却没有邮差来取。水边洗衣的老妇，一边洗衣，一边用一只绿色塑料桶从井中打水，井水与井台很近，井也不深。与其说是在井里打水，倒不如说更像是在河边提水。我也帮老妇，提了一桶水倒在洗衣盆里，溢得满地都是。老妇笑吟吟地看着我，并没有像我希望的那样，能像老家在井边洗衣的母亲责备我几句。她是那么慈祥善良，白发间落满了金色的阳光。如果给我一张小凳，我愿意坐下，给老妇拔去鬓边的白发。这岁月的寒霜呵，又能把我们怎样？我愿意举起围肚水井，一面菱形的生着铜锈的铜镜，照一照白花村，照一照那井边的老妇因劳作而佝偻的背。

　　岁月不饶人呵。那就饶过白花村吧，饶过碉楼，饶过围肚水井，饶过碉楼上那一白一灰的鸽子吧……

　　愿只愿岁月静好，人间静好。

　　出了白花村，与朋友握别，突然明白了人生最大的牵挂，并不在于推杯换盏，而在于活得好好的，让朋友放心。就像白花村一样，朴素，自然，写意，真实，温暖。

元山旧村

　　元山旧村，是我在光明租住的地方，连快递员都不太搞得清哪巷哪栋的地方。我只好在元山旧村前加上上村幼儿园，在后面加上新宜佳超市对面。元山旧村据说并不旧，倒是它的附近的择善堂和鱼家陈公祠，看起来有点年头了，说旧也算名副其实。它是深圳的非移动保护文物。所以，元山旧村的旧也许是沾了它们的光。

　　元山旧村按门牌算有六七百栋，连快递公司也表示怀疑，有那么多栋吗？其实，我也怀疑，可租房合同上就是这么写的，你再怀疑也没用。我来深圳六年，出租屋每年都要拿走我半年的工资。一室一厅，改成的两室，还没老家的厨房大。却可满满当当地装着我的生活，诗歌和梦想，快乐，疼痛和忧伤。时间长了，还养了花草，任它花开花落，就像我在出租屋里的日子。窗外的阳光，照在对面的墙上，也照在我这边的墙上，但我只看见对面墙上的阳光。这情形就像看着别人的生活，总觉得比自己的幸福。每次打开出租屋的门，就像打开一只行李箱，晚上把自己装进去，早晨再搬出来，就如同日出日落。出租屋这只乡愁捏成的麻雀，有着拥挤的五脏，屋外是浪漫主义，室内是现实主义，每次锁门，我都会数着数记住拉了几下，用我的强迫症，表示我对这个世界的怀疑，也表示我还会回来。

下楼左拐，有一个菜鸟驿站，我网购的东西，几乎都放在这里。起初菜鸟驿站的狗，还会绕着我嗅来嗅去的，后来，就换成摇头摆尾了。从菜鸟驿站再左拐，有一个社区篮球场，说是篮球场却也只有两个篮球架，几个老人或小孩抱着个篮球，各投各的篮。至于比赛，也就是双休日，球场上的人多，各投各的，已玩不起来了。于是，便自由组合成两组，进行比赛。说是比赛，也就是大家一起投篮玩。所不同的是之前是一群人玩五六个篮球，而现在是一群人玩一个球。

篮球场旁，有一个小广场。早晚都有人跳广场舞。广场上最惹眼的，是几棵树龄二百岁以上的榕树，我曾把它的气根，比作马克思的胡须。有风吹过，胡须飘动，仿佛有一双手在捋着胡须。它是谁的手呢？当然是榕树自己的手了。这世上哪有闲着没事的人用手去捋别人的胡须玩的，除非是脑子不正常的人。广场的空气鲜美，榕树上的鸟鸣像是水在瓷器里打旋，不仅清脆，而且悦耳，像不小心碰下的草尖上的露水。清晨的月亮好像很低，像一把半圆的木梳，梳理着旧村改造被挖得凌乱不堪的道路街巷，我希望它快点改好。满天的朝霞是元山旧村最让我怦然心动的，但只要我还租住在元山旧村，我想今后这样的朝霞一定还会有的，并且还不仅是朝霞，榕树，鸟鸣，洒满元山旧村的阳光。

我的出租屋有三扇窗户，一个阳台，但都见不着月亮。好在平时，我也没赏月的习惯，最多看看对面墙上的阳光，来估摸一下时间。房间有点暗，大多数的日子，判断不出外面是晴天，还是多云。但不管有没有太阳，我的心都是一直亮着的，房间里的书、酒、行李箱、烟灰缸、水杯、电脑……都能一一看清，它们都很安静，只要不发生地震，它们也许都会保持着这样的姿势，一动不动。它们与光线的关系，与人的关系，似乎一览无余。我的心也是亮着的，不发生光芒，也不曝光窗下的尘埃。它的柔软，适合一个内向的人表达孤独、抑郁；适合一个恋爱的人面对单相思，独白，与反复吟唱。房间里，每一扇门，每一扇窗，每一堵可以呼吸的墙，它都能支撑我的思想和怀疑的目光，如果有一场雨让我闭上眼睛倾听，我会认为有一群鸟，正在向我宣战。但如果雨，下得很小，那就只能是蚕吃桑叶，在秋天继续画一条丝绸之路……我躺在床上休息，和所有的事物一起，似乎在有意识地等待着一场地震、海啸，和比海啸更快的阳光、风，和无所不在的空气。腐蚀，或者氧化，这些都需要漫长的等待，房间里所有的事物我都可以描绘，搬动……我是它们的主人？我的心亮着，与其他的事物并没有肢体语言，只有心理活动，并且不泄漏一点亮光。想象中，秋天的树淘汰了所有的眼睛，落叶那么轻，显然，已耗尽了绿色的目光，再也不关心肉体。

我的窗外是另一栋出租屋，据说正在改装成公寓，可以拎包入住的那种。可不知什么原因，断断续续地装修了三四个月了，竟突然停工了。每天晚上，我只要看到对面的窗户黑洞洞的，便觉得很不舒服。所以，有长者云，一栋房子久不住人，人气便会减少。就像一个开朗的人，与一个总是抱怨的人会相互传染。窗外的窗也许只是虚构，当我拉上窗帘，它就消失了……甚至，我都开始怀疑它是否真的存在过。就好像某人在镜子里，不止一次遇见了陌生的自己。

元山旧村几乎都是这样的房子，楼下的店铺有饭店，有超市，有棋牌室……生活在这里的人，好像什么都不缺，整天乐呵呵的。我想在元山旧村租住久了，也许，我也会像他们一样快乐的。每天下班后会笑眯眯地和家人一起喝上一杯酒，抽上两支烟……

　　日子就这样不紧不慢地过着，无论我身在何处，几乎每天都在写诗，不夸张地说，这个习惯我已坚持了几十年。我不知道在别人那里我这叫不叫奋斗。但对于我来说，写诗就是我的理想，我愿意为此付出时间和汗水。

　　再说，每个人的理想不管它多么宏大，如高楼大厦，又或者多么渺小，如一首诗，只要为之努力过，奋斗过，它就配得起一切可以让理想生长的地方。无论是竹子林、民治、大浪，还是上村……只要侧耳倾听，就能听见自己的拔节声。

横岭杂记

2012年的春天，我来到龙华新区民治横岭，租下了个一室一厅的农民房。我之所以租下这个房子，是因为房东是个美女，态度温和，在异乡让我觉得有一种说不出的温暖。当然，最重要的是房租便宜，比竹子林、上梅林、东门要便宜得多。至于，农民房这个说法，也是后来才听说的，它与小区房的区别，就是水电费贵，物业管理差点。对于我来说，这些都不是问题，只要便宜就行。何况，这房子是铺了强化木地板的，可以裸着脚走，当然只要租下了这个房子，裸着身子走也行。

但这些并不是我真正下决心租下这房子的原因。或者说，我的内心在那时还是有点犹豫的。只是当我看到窗外花池里的南瓜藤才突然坚定了决心，租下了这个房子。租下后我才发现花池外的物流园，每到晚上，车辆和装卸货物的声音扰得我睡不着觉。无奈，我就趴在窗台上看，想等它安静下来。我看到了无锡、扬州、南京、苏州、盐城，确切地说是看到了故乡。这让我更加睡不着觉了，我曾几次想搬走，只是交了押金，签了两年的租期，若提前搬走，押金就拿不到了。我舍不得。

好在，我按着百度来的方法，做了窗帘，在窗台上养了花，来和谐这样的声杀。但效果并不明显，倒是我自己渐渐适应了这动静。就像夏夜里的蛙鸣，你听则有，不听则无。这些都是注定的，冥冥中安排好了的。

我的第一个邻居是一对小夫妻，养狗。并且天天吵架，吵得我睡不着觉；吵完后，又把床折腾得嘎吱嘎吱乱叫，让我更加睡不着觉了。我敲了敲墙，隔壁的声音暂时小了下来。可不多会，狗又吠了。我气不过，也把床搞得嘎吱嘎吱地响，结果床坏了，星期天修了大半天，敲了好多个钉子，才算完事。

那条狗只要小夫妻不吵，它就吵。我有时恨得牙痒痒，也想养条狗，牵到他们家门口去叫，当然，我只是说说而已。那阵子，我连自己都养不活，哪里有闲心养狗。

好在隔了半年，他们就搬走了。据说是房东不租给他们了。一是狗的气味弥漫了整个过道，有房客举报了；另外是狗尿弄坏了地板。我听这小夫妻与女房东争执了好久，最后押金还是没拿到，骂骂咧咧地搬走了。恍然间，我竟对这对小夫妻心生了怜悯。

夏天，窗外的南瓜藤终于开花了，一朵一朵的黄花开得煞是好看。我坐在花池边一边看一边想，如果那南瓜藤是通往老家的路，那么这些花就是要经过的火车站，宁波、杭州、上海，花蔓的尽处便是我的故乡。

九月的时候，又来了新邻居，还是一对小夫妻，不养狗。丈夫在物流园上班，妻子在家带孩子，因为天热，她的房门总是开着，我经过她家门前时从不往屋里看，甚怕看到了什么不该看的。女人长得很美，有时迎面碰上，她会与我打招呼，并莞尔一笑。这在深圳是第一次，我有时甚至会怀疑她是不是与别人打招呼，可四周并无他人，只有我。

这是我在横岭最舒心的时光，每次看到那女人的笑脸，我就觉得很温馨。我希望能与这对小夫妻一直做邻居，可惜，他们春节回家后，就再也没来。房东说，他们回老家创业了，在深圳生活压力太大。

其实，我也想回老家。

我的楼下住着一家卖旧家具的，夫妻俩年龄与我相仿，儿子残疾。儿媳是哑巴，孙子很可爱。每当看到他们一家坐在店里一边吃饭，一边看电视，乐呵呵地欢笑着的情景。我便会想，幸福原本也是可以很简单的，与钱多钱少并没有太大的关系。

在横岭，有一阵子我经常会遇见筑路工人，在路边吃快餐。我还为他们写过一首诗——《打工者的盛宴》：一条裤腿卷起/另一条放着，沾满泥水的脚/踩在混凝土的路牙上/却没有半点趾高气扬的意思/他们的四周，都是工地/他们把快餐盒，放在路旁堆高的地砖上/黄色的安全帽里，堆满了馒头/三个人，每人手里抓着一瓶冰啤酒/天太热，他们一边吃饭/一边喝酒，满脸汗水/他们时不时地抬起胳膊/抹一下汗水，抹一下被汗水刺痛的眼睛/他们的衣服有些斑斓/刚湿过汗水的颜色深些，另外的露出碱白/就像是海滩上的盐碱地/我想，如果四周有一片芦苇/再吹一阵海风就好了，或者/摘一片蒲扇似的葵花叶，摇摇也行/可他们不管不顾/他们吃得多香呵，他们的胃口真好/让我羡慕不已/他们在太阳下晒着，吃着快餐/就着啤酒，他们的脸上堆着幸福的笑容/他们抓起一个馒头/大口地嚼着，再仰着脖子灌几口啤酒/让你不得不怀疑/他们抓的不是馒头/而是天上掉下的馅饼/他们吃的也不是快餐，而是盛大的宴席/天空偌大的餐厅，就此一桌/它们站在大地低矮的餐桌前/好像所有的高楼/都是他们不屑一坐的小板凳/他们旁若无人/口中再淡，也不会夹一筷子怜悯的目光/下饭

一个人也许不能拒绝自己的命运，那就试着接受，试着去获得命运之中渺小而简单的幸福。

横岭的花池里的南瓜藤，去年的夏天就不见了，让我的乡愁无处安放。

可那又怎样呢？今年我从老家带来一把南瓜种，全都种在了花池里，然后只需静静地等待就行。

就像等待命里的幸福，与奇迹。

桃花泪

晚上与友小聚，微醺。

扶着同样微醺的K，摇摇晃晃地走在公明的长春北路，去另一朋友处喝茶。K突然问我知不知道桃胶，我说，知道。我父亲在的时候，我家有十多亩桃园。每年春天，桃花开的时节，花团锦簇，莺莺燕燕，我家的四间瓦房、草垛、羊圈、竹园、榆树、苦楝树、池塘……一下子都变美了，像画一样。

而我的父亲，总喜欢在桃园里背着手走来走去，好像是首长检阅部队。有时手里还会捏着把桑剪，剪下几枝桃花，带回家给妹妹们玩，或者装在盛满水的空酒瓶里养着，那些桃花却也识宠，继续开着，鲜艳着，活着，好像并不知道自己就要死了。有时，我会用迷惘的眼神看着父亲，甚至有些敌意。你不是说一朵桃花，就是一只桃子吗？你这一剪子下去，结束了多少桃子的命呵。父亲并不言语，但又好像从我的眼神中看出了我的疑问。

从朋友家喝完茶回家，夜晚的小凉风一吹，我与K的酒都醒了，醉意全无。K告诉我，他正在筹划着一个项目，就是把桃胶做成像燕窝一样的速食罐头。对于桃胶的项目，我并不感兴趣，更何况拿桃胶与燕窝比，我觉得也不合适。再说，商场如战场，如果桃胶的项目真是个好项目，K是不该泄密的。但K却对我说了，一说明K信任我，二说明K觉得我只是一个穷写诗的，并没有实力去争他的这个项目。而就我个人对桃胶的理解，K这个项目会永远停在立项这个阶段，是做不成的。

虽然，我并不会对K的项目泼冷水。一个人有梦想，总比没梦想好。更何况有大师说，一个人有什么样的想法就会过什么样的生活。我从小就只有写诗的想法，所以年已半百，还一直在写诗。自然，也曾做过一夜暴富的梦，结果这个梦却落在了买彩票上，也并不曾坚持太久，却也花了不少钱，中的最大的奖也就十元、二十元，全当给国家的福利事业添砖加瓦了；当然，也可能我那点钱还不够资格使用添砖加瓦这个词。K却不一样，他总是在筹划着自己的发财之路，我相信即便桃胶的项目不成，K还会去干别的项目，我相信K会如愿以偿，过上有钱人的日子的。

K说，他曾辉煌过。有过许多钱，许多女人。

我说，你将来一定还会有许多钱，许多女人的。我说出这句话的时候，连自己都觉得有点假。但我还是说了，像泼出去的水，想收也收不回了。

转眼间，桃花就谢了，桃树上结满了桃子。父亲蹲在桃园旁，一边抽着烟，一边伸手摸了摸汗毛未褪的桃子，暗自一笑。我是不敢这样摸桃子的，桃毛弄在身上，浑身痒痒。比有人挠痒痒还难受。人挠你痒痒，手一停就不痒了，桃毛挠你痒痒，可就不一样了，至少痒你个大半天，洗澡也没用。

父亲抽完烟，起身回屋拿了一捆绳子和一些木棍，给被桃子压弯的树枝，扎了个支架。嘴里还嘀咕着，应该多疏些花的，但愿不要有大风大雨。疏花，原来父亲剪桃花给妹妹玩，叫疏花，是怕桃子结太多，把树枝压断，桃树压垮呵。

我突然觉得疏花是个特别美好的词。怪不得那些剪下的桃花并无怨言，插在空酒瓶里也一样开得鲜艳，也许它们明白自己的牺牲，更是一种成全。

桃园是佛系的，桃树也是。

桃胶又名桃花泪，是蔷薇科植物桃或山桃等树皮中自然分泌，或在外力作用下产生伤口而分泌的树脂，有利于桃木伤口自愈。

比较黏稠的液体通过太阳晾晒蒸发，产生固体颗粒桃胶。桃胶闪烁着琥珀色的光泽，呈半透明状，泡发有弹性，像果冻一样，让人看了就很有食欲。

桃花泪，这个词太生动，太美了。

而燕窝只是燕子的口水。

对于桃胶我的父亲是恨之入骨的。因为只要桃树流了桃胶，就代表桃树老了，不爱挂果了。父亲便会弄些自己嫁接好的桃树苗种在老树旁边，待小树开花结果了，再把老树挖了或锯了。

父亲说，桃胶是桃树老了，流的泪。当然，父亲那时并不知道桃胶是个好东西，吃了可以美容养颜的好东西，可以卖钱的好东西。当然，这也不算什么新鲜事，我小时候挖过的猪草，不也大多成了金贵的野菜了吗？

一棵树的桃胶并不多，就像一个人的眼泪。

我的父亲就不止一次地为桃树流过泪。记得那年桃子结得特别好，个大色鲜，特甜。有商贩来收，价压得太低，父亲没舍得卖。结果一夜风雨，桃园里满地的桃子，损失惨重。母亲责怪父亲，昨天没把桃子卸给商贩。

父亲不吱声，只是蹲在门槛上一个劲地抽烟，眼里含着泪。父亲的泪很少，就像桃胶，没有人知道他的委屈与忧郁。

父亲老了，风一吹就爱流泪。但父亲不服老，说只是沙眼而已，滴滴眼药水就会好的。可流了桃胶，桃树就老了，是父亲亲口对我说的。

父亲走了，他带走了十多亩桃园，草垛，池塘，竹园，榆树上的鹊窝……他至死也不知道桃胶是个好东西，滋补美味，一斤桃胶可抵十棵桃树桃子的钱。

父亲走了，家里的地征了，房拆了……我漂泊在深圳，对故乡的情愫，已化在了记忆里。

K说，他已与云南的桃胶供应商联系过了，只要K的项目开始运转，他们可以提供足够的桃胶。

我说，那就好。

我还一直以为只有我们家的桃树会老，有桃胶，原来云南的桃树也会老，也产桃胶。

我对K的桃胶生意并不关心。我与我父亲一样，从没觉得桃胶是个好东西，就像从没觉得燕窝是个好东西一样。

但这并不影响我喜欢桃花泪这个词，不管怎样至少读起来是唯美的。就像泪也可代表喜悦。即便真是忧伤的泪，一加上桃花，也可算得上是美好的忧伤吧。

我喜欢桃花泪，也就代表喜欢了桃胶。它们只是一件事物的两个名字——学名与乳名。

K喜欢称之为桃胶，我喜欢称之为桃花泪，其实都可以的。名称，终究改变不了一件事物的属性，更改变不了它的命运。

我失去的一切，都是注定要失去的。

我拥有的一切，也是注定要拥有的。

不管是桃胶，还是桃花泪。都是桃树老了，结不了桃子而流的泪。

草木如此，人亦如此。

露天电影

　　对于童年，每个人都会有难忘的记忆。虽说这些记忆有时就像是雪地上的脚印，雪一融就消失了。但只要掀开记忆的扉页，偶尔一想，脑子里霎时就会呈现出曾经留在雪地上的脚印，甚至，还有童年冻红的小手，雪人楝树果做的眼睛，胡萝卜做的鼻子，炮仗炸飞的红纸做的樱桃小口，打雪仗时蒸笼似的冒着热气的桃子头，农场学校的操场上，雪白雪白的电影幕布……

　　童年的记忆里有画家笔下的水柳树与小木舟，那柳丝绵长而又深情，像是一种爱情，对故土对故人的爱情，看似君子之交淡如水，却又让人魂牵梦绕的爱情。童年与故乡其实是除了母乳之外的另一股乳汁，它让我们的思想、情感，以及人生最初的萌芽有了生根的地方。

　　一只翠鸟，站在残冬枯萎的芦苇上，更像是一小块绿色的翡翠。风吹着翠鸟，那风动的羽毛，闪烁着翡翠的波光。铺着芦叶的河水，多么清澈，收藏着这残冬的翠绿。让故乡的小河顿时生动起来，仿佛春天的前奏，或者说时光的彩信。然而，我对故乡河流的记忆，其实更多的是与露天电影联系在一起的。记得小时候，晚上放学的第一件事就是站在小河的南头，朝北望，因为小河的北头就是农场学校的操场。尤其是冬季，芦苇枯萎的季节，整个河流就像是一个宽敞的走廊。只要有电影，那雪白的幕布就会早早地扯起，一眼就能看见，包括那央在操场上支幕布的毛竹。只有在芦苇繁密的季节，我才会对自己的眼睛有些怀疑，哪怕明知会扑空，也会去操场转上一圈。有时放映员接片子接晚了，为了能让看电影的人们先睹为快，会在学校石灰水粉刷过的墙壁上放，而学校的石灰墙站在河边是看不到的。只有站在寂静的黄昏听，学校的操场上是否有放电影的声音，只要有，哪怕看个大半拉，也是绝不会错过的。每逢放电影的日子，孩子们都会像过节一样兴奋，不折不扣地完成母亲交代的割猪草羊草的任务和老师布置的作业，为的就是让母亲爽快地答应去看电影，或者说找不出理由不让去看电影。

农场的人大多是从大城市来的场员与知青，比农村人更怕寂寞。于是作为与农场一河之隔的七一大队的社员们，没少沾农场的光，光露天电影就比其他大队的多看了很多，还捎带着学了不少阿拉，侬。队里的大人们去看电影总是不嫌其烦地扛着长凳，只是为了一边看电影，一边能坐着歇歇。但遇到好看的新片子就不一样了，人多看不到，就只好站到凳子上看，不是你挡了他的视线，就是他挡了你的视线。这样就免不了要吵架。只不过吵架也只限于换片的瞬间，只要电影一放，人们宁可转着脖子换着角度看，也不会再吵。那时，我甚至会觉得，那是对换片时焦急心情的一种调节。但孩子们却从不担心人多看不见，他们很轻易地就蹿上树，坐着看，躺着看，神仙似的快乐着。直到有孩子从树上摔下，摔断了腿，小树林的外面才被圈上了铁丝网，那些树才恢复了以往的安静。草垛上看电影是最惬意的事了，电影跑片或者换片时，我们便站在草垛上看树梢上的月亮，总感觉只要再站高一点就能够着了。不过，躲在草垛上看电影的，还有谈恋爱的农场知青，他们来自大都市，他们的行为举止对于农村的人们来说，有一定的前卫性。童年的我就是在草垛上见识了男女之间的初吻，只不过它的纯粹与灼热那时是无力感知的。调皮的孩子时常会因窥视了恋人们的秘密，而被恋人们驱逐。那时幕布的正面已没了位置，孩子们便只好站到幕布的反面看，这让孩子们很不服气，总是趁恋人们亲热时，偷偷地朝他们扔一把土，然后一哄而散，消失在看电影的人群中。

孩子们看电影，不仅是看，更喜欢模仿，电影散场后，小伙伴们便会自动地分成了两组，一路打打杀杀地回家。我最喜欢春天的夜晚，天不冷不热的，空气里到处是麦苗与油菜花的味道，刚松过土的田地里，尽是松软的泥块，一打在人身上就碎了，一点都不疼。一回到家，脱下衣服倒头便睡，幸福得像一只花朵中的小蜜蜂。早晨起来，看见母亲在搓衣板上洗脱下的衣裤，一边抹着肥皂，一边唠唠叨叨的。我知道肯定是衣服上又沾上了难洗的草汁，所以，时常会一声不吭偷偷地从母亲身后一闪而过……一路上与同学谈着电影里精彩的情节，模仿着电影里人物的动作和台词上学去了。麦子拔节的日子，看完电影，便不会在麦子稞里乱跑了，因为我们知道这时候的麦子像孕妇一样需要保护，否则便会影响收成。即便忍不住要吹几声麦笛，也会挑黑色的莠麦。农村的孩子对粮食的热爱是天生的，与生俱来的，就像一群蚂蚁对一粒米的热爱。

露天电影，在我童年的记忆里不仅是个美好的名词，还是具有无限想象力与诱惑力的乐园。在那充满了诗情画意的场景里，我们与星星，与月亮，与树木，与河流，与庄稼，与小鸟，与风，与雪一起观看——对童年的我来说似懂非懂的故事。露天电影最怕的就是下雨，比停电还要让人咬牙切齿，因为停电了可以发电，而一下雨电影就放不成了。当然，也有等雨停了，继续放的，让那些经不住风雨提前回家的人，禁不住叹息声声的。现在的电影院高档了，电影的品种也多了，不要说下雨，就是下冰雹都不怕。只不过电影院看电影是要钱买票的，只有露天电影才是记忆中唯一免费的，才是最原始最淳朴最富有诱惑的。记得上中学时，镇上的电影院就在学校旁边，五分钱一张票，也会觉得挺贵。那时住校，五分钱可以在学校食堂买一碗青菜豆腐汤了，自然会越想越舍不得。幸运的是我的同宿舍的同学会画画，虽说现在他已是很有名的画家了，但对于我来说，他最著名的处女作，便是五分钱一张的电影票。那时，只要有新片子，我和他就会逃过晚自修，两人买一张票，画一张票，整个中学时代竟从不曾被电影院检票的识破。画家自己也说，那是他中学时代最有成就感的一件事。但拿着画的票看电影心里还是会担心查票时被查到，没有看露天电影的那份轻松与愉快。

露天电影，童年时我看了不少。但记忆最深的还是《地道战》，因为这部电影，我的人生差点永远停留在童年。今年春节，在北京工作的同学谈起看露天电影的事，说起看了电影《地道战》后，在河坎上挖的地道，还心有余悸。那可是我们用割猪草的小锹一锹锹挖的，一个五米长的通道爬进去，便是两个小房间，一间可以供四个人打牌，一间可以供两个人做作业。点着墨水瓶做的煤油灯，每进去一趟，鼻子里总有挖不完的黑灰。当然，为了挖地道，用芦苇把猪草篮子撑空充数，还歪着腰，像猪草篮子有多沉似的，然后匆匆地把篮子里的猪草倒在昨天的猪草堆上，但妈妈总好像有着火眼金睛似的，把我的造假伎俩一一识破。后来我才发现陈猪草与新猪草是绝对不一样的，为此挨妈妈的打自然是理所当然的事了。那个地道有一阵子，几乎成了我们童年温暖的家和避难所。考试考差了，和别的孩子打架了，挨老师批评了，我们都能在地道里躲过爸妈的追打。但时间久了，还是被妈妈发现了，这个地道也就不再是我们的秘密。记得有一日，夏季的暴雨说来就来，我们在地道里避雨打牌，快乐得像一群小鸟，一点也没有感觉到灾难的来临。好在妈妈及时找到了我们，否则，那塌了的地道就成了我们童年的坟墓。

一只翠鸟，站在残冬枯萎的芦苇上，更像是童年记忆里一抹岁月的青苔……我站在小河的南端向北望，农场的学校早已搬迁，一眼望见的除了高楼还是高楼。那白色的幕布，或者再也没有人扯起，但对于我来说，美好的童年就像是一场露天电影，现在只是在换片。有时候，我便会情不自禁地站到村头最高的土圩上，看黄昏的白云，就像在童年的星空下痴痴地等待着一场露天电影……

万物皆有因果

　　我这人懒散，不喜欢游山玩水。一是怕累，二是缺钱，两者一加，就更累。但我喜欢拜佛，因为佛总在高处，在青山绿水间，所以，我虽不喜欢游山玩水，倒也不缺山水的润泽。既拜了佛，又游了山水，可谓一举两得。

　　深圳弘法寺位于深圳仙湖植物园内，始建于1985年，地处深圳市东郊——有深圳"绿色心肺"之称的梧桐山麓。它背靠陡峭叠翠的山崖，前临涟漪万顷的仙湖。弘法寺坐东南，朝西北，依山而建。弘法寺，并不很高，在梧桐山的半山腰上。沿着盘山的石径上山，走了大约二十多分钟就到了。由于想要快点到弘法寺，对山上的植物、花草、飞鸟都没有细心观赏，只是用手机抓拍了几张照片。如果一个人的心没有静到一定的程度，就像是一杯晃动的水，是装不下路旁的美景的，何况这美景是弘法寺有了禅意的景物呢。我喜欢拜佛，不仅仅是为了祈求佛菩萨给我财富、健康、平安、幸福，更重要的想让浮躁的心灵得到安静。在这个金钱淹没了信仰的时代，佛就是我的信仰，只有有了信仰，内心才会充实，拥有力量，所有的美好记忆才不致被莫名的空虚与浮躁排挤。

昨天在云来居吃饭，席间，徐总问小寒，佛说好人有好报，恶人有恶报，可为什么那些恶人一直到老都过得惬意舒畅，也没看见有报应？他接着说我对佛教最大的疑惑就是因果，而这恰恰又是佛教的精义。小寒是复旦的高才生，年轻却对佛教有着研究，并且还有很独到的心得。他说佛教讲的是三世报，并不是每件事都是现世报的。徐总说，可我看不到呵。小寒说佛教的因果之间还有一个缘字，因就像是一粒种子，缘就是阳光和雨水，只有在阳光雨水恰好时，才会有果……我学养尚浅，一下子就被装进了佛教的云雾里。

好在弘法寺是真实的，把我从云雾里拉了出来。弘法寺的建筑算不上雄伟，但却有一种寺院独有的庄严与干净。自下而上我拜了山门殿、天王殿、大雄宝殿、祖师殿、伽蓝殿、钟鼓楼、观音殿、地藏殿。据说弘法寺的斋堂称得上是目前国内最大的斋堂之一，它不仅建筑面积大，还有一种原野的清净与旷达。但我并未抵达。

弘法寺的门票是我到过的所有寺院中最便宜的，二十元一张还赠三炷清香。我自下而上地叩拜，心里默默地祈求菩萨保佑。叩拜好菩萨，把香放到香鼎中。叩拜时，香一定要举过头顶。下山路上，遇见好多善男信女，有许多年轻的女子手捧鲜花去弘法寺，我觉得好奇，这儿还有敬花给菩萨的？女信徒说敬花给菩萨，将来子女便会拥有俊秀的容貌。

原来，虔诚的佛教徒们的虔诚大多也是有功利性的。但这又何妨，以我看世间的一切严格说来都是带有功利性的，这包括信仰呵、理想呵、爱情呵。我们烧香叩拜不都是为了健康，平安与幸福吗？对美好事物的追求，只要不伤及他人，我想怎么做都是可以的。我们行善是为了积德，德就是我们的功利，但不能说你行善是为了积德就不算行善吧。我们不能说捐款做好事喜欢说，捐的款做的好事就不算数吧。从这种意义上说，佛教也是提倡功利的，只不过你的功利必须是建立在做好事做善事的基础上。

小寒说，佛菩萨是老师，他可以教你怎么做。而你到底能不能按佛菩萨说的去做，就是你自己的事了。你按着佛菩萨教你的去做了，就能避开灾祸。而你不按佛菩萨教的去做，你得的就还是你原来的因果。譬如佛菩萨让你不要去作恶，你偏要去作恶，你没有按佛菩萨教给你的去改变你的因，佛菩萨就不能改变你因因而得的果。小寒说得很玄，但我想我已经懂了。我问小寒那我们对菩萨许的愿，菩萨能成全吗？小寒说，那得看你许的什么愿，如果你对佛菩萨说，给我一百万我给你十万，你说佛菩萨能答应吗，这不是在行贿吗？我说倒也是，我把一百万给你，你给我十万，这不是侮辱我的智商吗？小寒说，佛菩萨是老师，你只要按他教你的去做，佛菩萨就会显灵，实现你的愿望。

一路上，我们听着鸟鸣，听着风吹着树叶，听着花开，心突然变得特别安静和干净，好像刚被梧桐山的溪水和仙湖的湖水洗过一般。在这大山里有许多植物与花草是我们认识的，如凤凰树、龙船花、滴水观音、杜鹃花等，也有许多的树木花草是我们不认识的，但它们与我们生活在同一个大自然里，同一个时空中，所以虽然有点陌生但却并不妨碍我们彼此亲近。我们把这些美好的景物都收藏到心底，再不怕浮躁的泡沫把它们拒在灵魂之外。

快到山脚的时候，还觉意犹未尽，我想再去植物园拍点照片，可转来转去却不知道去植物园的路。问工作人员，工作人员笑着说，你现在不就在植物园吗？我看了看门票，确实印着仙湖植物园的字样，看来我还真是身在园中不知园了。弘法寺就在植物园中，是在我就要离开弘法寺的时候才知道的。就像佛就在我们心中，我们有时却并不一定明白。

小寒说，他只要晚上一打坐，就能看见许多平时看不见的东西，就像一杯摇晃的水，突然间安静了下来。我相信小寒的话，只有克服了浮躁，内心自然会像秋日的晴空，能让我们的视野变得宽广与高远。这或许就是人们常说的宁静致远的境界吧！

每当夜深人静时，我想象梧桐山麓的弘法寺，就是一尊打坐的佛菩萨，在天地间它一眼就能看透我们心底的秘密；所以，在弘法寺的眼中，我们始终是透明的，而凡是透明的东西，哪怕只有芝麻大的污点都会被轻易发现。我不喜欢游山玩水，但弘法寺我还是会再去的，我要让弘法寺听见我心中的愿望，然后，指引我去实现。因为，我相信因果，也相信因果之间的缘，小寒说那是阳光和雨水。

阳光与雨水，也许就是世间万物的缘，也是世界万物可能得到的果。

我一直不习惯把山芋叫红薯

我一直不习惯把山芋叫红薯，就像不习惯把番茄叫西红柿一样，我总觉得对于一个土生土长的苏北人来说，把山芋叫山芋更亲切。

昨日去菜市场买菜，遇见卖山芋的老乡，我们只愣了最多两秒钟的时间，就叫出了彼此的乳名，虽只是简单寒暄了几句，问了问各自的情况，父母的健康，但彼此的心里就已经很有些温情脉脉了。临了，我挑了几个大个的山芋回家，虽然我没有地可以种它，但我可以吃它，把这一份久违的乡情补充进血液里的。

老家早已没有大片的山芋地了，只是各家各户在家门口的地里种一小块留着自己吃，或者送一些给亲戚朋友尝尝鲜，但这并不能妨碍我对山芋的记忆。山芋的生命力极强，随便剪一截山芋藤栽到地里，洒点水就能活。这似乎跟诗中的插柳一样轻易，只不过插柳可以是无心的，但栽山芋一定得是有心的。小时候，记得只要生产队里的山芋种在谁家的屋前屋后，是很让同学们羡慕的，个中缘由，也许就是近水楼台先得月吧。但那时我还没学过这个成语，我只知道放学后，父母还在地里忙着，肚子饿得咕咕叫，用脚一踢，手一扒就能掏出个大山芋来充饥是件很快活的事。当然为这事没少被女同学告密，挨老师批。

山芋对于大多数人来说或者就是乡野里随处可见的很普通的一种植物，藤可以喂猪，和土豆一样埋在地里的果实，可以生着吃，煮着吃，烤着吃，也可以制成山芋干，摆上超市的货架。

记得那时我顶替父亲在乡供销社上班，有一天中午爷爷与奶奶两人抬着一篮子山芋放到了我的柜台前。看着他们一脸疲惫却又兴奋喜悦的模样，我赶紧搬了两把椅子让他们先坐下休息。要知道我的爷爷奶奶那时都已是近八十的高龄了，且是拄着拐杖，抬了一篮子山芋，步行了近二十里的乡路来看我的呀，你说这是一份怎样的情感！我真的难以想象，他们越抬越沉的一篮子山芋就仅仅是山芋？直到现在我对那时农村的落后交通工具都心生怨恨。但反过来一想，如果爷爷奶奶是坐着车过来的，我的记忆还会这么深刻吗？我的愧疚还会这般无处安放吗？

只是现在，爷爷奶奶双双去了天堂，如果天堂也有土地，我想他们一定不会忘了种一块山芋的，这绿色的爬着乡情的植物，它埋在风雨里的果实，是他们的孙子爱吃的山芋。

在我的记忆中，山芋是不开花的，或者说我从来没有见过山芋开花。但母亲告诉我，有一年山芋是开过花的，这只是母亲的说法，我没有亲眼见过，凡是不是我亲眼见过的事，我是有理由持有怀疑的。我爷爷奶奶去世的那年山芋没有开花，只是绿色的山芋藤爬得很长，仿佛比他们步行了近二十里到乡里来看我的土路还要长，犹如我的怀念与爱。

我一直不习惯把山芋叫红薯，就像不习惯把番茄叫西红柿一样。贺知章《回乡偶书》有云：少小离家老大回，乡音无改鬓毛衰。我想从某种意义上说，山芋就是我的乡音，是我深埋在心灵深处的故土情结，串联着故乡所有的难以忘怀的人和事。

八月，烤山芋又满街飘香了。她买了两个烤山芋，我们一人一个，一边吃一边往家里走。她说今年的烤红薯好甜呵，我使劲地点了点头。

来深圳快八年了，我早已默认了红薯就是山芋，山芋就是红薯这件事。

但我还是一直不习惯把山芋叫红薯，还是觉得把山芋叫山芋更亲切，毕竟这是老家的叫法，我从没想过要改变。

拾泥螺

地球只有陆地，山岭与水。海是水做的陆地，让我们在地心引力与水的浮力中踏浪而行。风吹开海的花季。风小时，海摆出一副含苞待放的样子，风大时海想矜持一下都不行，整个大海不见枝叶，只见浪花。陆地上的花季，只有春天的钥匙能够打开。其他季节的花都是偷配了春天的钥匙，才得以开放的。我曾不止一次地端着一碗水自转，想加快速度不让水泼出，但总是以失败结束。因此，我一直无法理解，海为什么没在地球的转动中干涸流失，像一碗水。地心的引力是强悍的，是人力所不及的。航天飞机最终还得把宇航员送回地面。科学充其量只是跟地球躲了一回猫猫。

一过串场河，空气中的稻花香，便被海的腥涩替代。海边到处都是芦苇和鱼塘，海堤其实就是人工筑的一条大坝，坝上长满了刺槐。槐花已败，就像是月圆夜的潮汛，海上的一场大雪。这是海与陆地人为的分界线。就像小学的课桌上我用铅笔刀刻画的分界线，以示男女授受不亲。海与陆地隔着海堤对弈。海鸥以及高腿的海鸟，是大海的棋子。陆地的棋子是麻雀、喜鹊和乌鸦。

顶风，骑着自行车吃力地在海堤上爬坡，尘土飞扬。但我听从了大海蓝色的召唤，我将离海越来越近，我的衣衫被海风吹鼓着，海水以它汹涌的不可阻挡的蓝已经占据了我的内心。从坐着蹬，到站起来把整个身体的重量都放到脚踏上蹬，这个转换的过程几乎耗尽了我所有的体力。好在那坡也并不很陡，当然，也不能很陡，很陡那就不叫海堤而叫悬崖了。我们这里只有海，没有山。上坡的坡度，相对平缓，但还是偶尔会让我产生错觉，仿佛我不是去赶海，去拾泥螺，而是在努力地接近着太阳涂满红色防锈漆的门。海水是一种具有腐蚀性的液体，即便是最坚韧的钢铁，也能在短时间使其锈迹斑斑，那锈迹是钢铁的血，我习惯把它称之为铁锈红。不生锈的只有时间，因为时光如水，水是不能让水生锈的。

　　赶海的时间是根据潮汐来的。上午九点钟左右，终于到了闸口。我躺在堤岸的杂草上，等海潮退去，好下海捉泥螺。母亲说的是对的，力气用完了是还会长的，而且长得挺快，不到半个小时，我就又精力充沛地赶着退潮的潮水下海了。退潮后的滩涂是泥泞的，被潮水淹过的大米草，依旧是葱绿的。带我下海的大哥扔给我一截粗壮的槐树枝说，脚被陷着的时候，不要乱动，把树枝担在两边硬实的地方，撑着树枝上来就行了。这招真灵，我不止一次被陷，又不止一次撑着槐树枝爬上来。有时，我觉得自己就是栽在滩涂的一棵萝卜，又被自己从滩涂里拔出来，有一种收获的疲惫与兴奋。

　　滩涂上到处都是泥螺，这些小生灵，像是撒在滩涂上的蚕豆。我用双手捧着，那些泥螺滑滑的不好捧，看是捧了一大捧，其实装到袋中的并没有几个。我想泥螺那种滑滑的黏液或者就是它们保护自己的武器吧。其实，我下海的目的并不是拾泥螺的，我是来看海的。虽说生在海边，但我只见过黄色浑浊的潮水，从没见过蓝色的海。我问带我赶海的大哥，蓝色的大海还有多远，大哥说大概十多里吧。十多里并不算远，从我们家到镇上学校的距离。我决定去看海，看我梦中见过无数次的真正的蓝色的大海。可带我下海的大哥说，不行。海潮说涨就涨，何况你第一次下海，容易迷路。而一旦迷路就会有生命危险，你是我带出来的，我得跟你爸妈有交代。海潮说涨就涨，就像使过的力气。无奈，只得继续拾泥螺。说也奇怪，刚才还是铺了一层的泥螺说少就少了，只剩下零星的几颗。我用手朝泥里抠，我想它们肯定也像小螃蟹一样回到洞里了。

当我背着小半蛇皮袋的泥螺，准备回去时，才发现膀子上已经晒脱了一层皮，那脱下的皮像是玉米糠，手一摸生疼生疼的。带着一身泥水一身海腥上了海堤，把泥螺挂上自行车的衣包架上时，太阳眼看就要落山了。一阵太阳雨下得很是及时，洗濯着我身上的海腥。太阳雨，就是在天上有太阳的时候下的雨，就像一个人脸上笑出的泪水。当然，也有把太阳下没了的，我想那就是所谓的乐极生悲吧。太阳雨，大多就是云头上的雨，一下而过。归林的鸟，栖在海堤边的树上，叽叽喳喳地交谈着。我只顾蹬着自行车赶路，希望能赶在天黑之前到家。下坡的路，很省力。仿佛时间的阻力顿失，在坡陡的地方，我的脚有时还真跟不上脚踏的转速，索性把脚拿开，任自行车的脚踏空转着冲下坡去。一股巨大的惯性，挟着风的凉爽，让我有点欲罢不能。

过了串场河，天已擦黑。天空的星星越来越多，像群乐村一盏盏被不断点亮的灯。一个人的一生，甚至于每一天都是会有遗憾的，我的遗憾是生在海边，还没看过真正意义上的蓝色的海。但更多的时候我又觉得海其实并不远，就在我们每个人的心里。

我一直认定泪花是大海最小朵的浪花。如果它也有房子的话，也许就是泥螺壳一样大小的，灰褐色的存在……

那群突然不见的鸽子

　　春天被阳光包裹/散发着青团的味道/田野里挖野菜的人，多么幸福——伸出手/腕上就有一串钻石的鸟鸣//村头的榆树林里/喜鹊喳喳，织着一张思念的网/我已经好久没梦见过父亲了/仰望天空/蓝天还是从前的蓝/白云还是从前的白//父亲种下的枣树/已不再开花，结枣/身在千里之外的异乡/清明，不能在父亲的坟前叩头/只能写下这首小诗/读上一遍，再读一遍……

　　这是我写在春天的一首小诗。

　　过了清明，眼看春天就要结束了，就像面对一个即将离开这个世界的人，你的心里有缅怀，也有哀伤。记忆里零碎的影像，似乎总也凑不成一幅完整的画面。

　　但心里的春天，是不会结束的，每一个春天，都会被装订成册，附上文字，或者分行的诗，存在心里，便于翻阅和回忆。

　　记得花开时，闪烁在枝头的欢笑，犹如鸟鸣，被风吹落，露水般滴落在草尖上。青春若放在春天该是一种怎样的绿呢？葱绿，翠绿，嫩绿，深绿，还是浅绿呢？我想还是嫩绿吧！它活泼，稚气未脱，干净，叶上少有尘埃。因为它是新生的叶子，还未经风霜世态炎凉的叶子。在它的眼里，世上只有善良，没有邪恶，除了美好还是美好！

它信仰阳光，也信仰雨露。二十四个节气，是它日夜诵读的经书，手指翻出了老茧的经书。它信仰月亮的圆缺，举杯邀明月，对影成三人的惆怅和憧憬。嫩绿的叶子，是年轻的叶子，怀抱理想，无所畏惧的叶子。

四月的故乡，麦子拔节，油菜花香。有些雨可在室内谛听，有些雨却必须被踏成村头的泥泞。白榆杨林里，天一晴总有喜鹊在叫，只要喜鹊一叫，村庄还是完整的，春天还是完整的，似乎从没有人离开过村庄。雨就像是一根琴弦，把七个音符和人间的酸甜苦辣，悲欢离合全都串在了一起。这世上再没有比这更美味的音乐了。像烧烤适合白天小酌，也适合凌晨夜宵。

小河里的蝌蚪总是挤成一团，比新华字典里的字还多。老师把它从小河里捞出来，一个一个画在教室的黑板上，叫我识字。一笔一画地拆开，又合在一起。她手上的竹枝一会儿点在黑板上，一会儿点在我的手心里。后来，蝌蚪的尾巴被一场大雨咬掉了，换成了脚，在打谷场上又蹦又跳，跳成了满河的蛙鸣。我总觉得它鼓动的腮帮子，像小学教室的窗户，被风吹着的塑料纸。

而蛙鸣就是从教室拥向田野的琅琅的读书声了。一条声的蛙鸣，一条声的读书声，声势浩大，无遮无掩。

两个抽烟的男人，并排走过田埂。他们谈了些什么，也许并不重要。他们中的一个人，从麦穗上撸下一粒麦子放在嘴里嚼着，那种幸福的表情溢满嘴角，整个田野都被感染了，风儿吹过，你能听见四月隐隐约约的笑声。另一个男人也依葫芦画瓢似的撸下一粒麦子，却并不急于放在嘴里，而是用指甲使劲一掐，掐出了白色的汁液，然后，再丢进嘴里说，麦子灌浆了。他虔诚地弯下腰，拔去了一棵莠麦，掐下一节麦管，用门牙嗑了几下，吹起了麦笛。麦笛声虽没有章法，却很清脆动听，有一种纯自然的乡野之趣。

月圆之夜，浩瀚的星空之中。一个男人手摸着油菜饱满的籽荚，隐没在田野。另一个男人搓去了麦子沾在手上的黏人的浆汁，出现在千里之外的深圳。

他们与一粒麦子的倾诉，完成了一个深情的告别之吻。

眼看春天就要结束了，我似乎看到了春天之外的一些事物。年轮里的一些事物；风没搬出来的一些事物；雨没浇出来的一些事物；肉眼看不见的一些事物；我能感觉到的一些事物；似有似无的事物；春天也束手无策的事物……它们嗡嗡嗡地在我的身体里闹腾，像一群蜂子，我想放它们出来，可它们偏不出来。时间一久，我便把它们忘了，可它们冷不丁地还是会咬我一下。它们究竟是一些什么东西呢？我闭上眼睛仔细地想，想弄清它们的庐山真面目，结果，没有结果。

有时候，它们是乡愁；有时候，它们是理想；有时候，它们是信仰；有时候，它们是思念；有时候，它们是孤独……我把它们统称为春天之外的事物，心灵是它们的巢穴。我一直以为可以看见这些事物，可事实上，我只是被这些东西控制了。除了独处的时光，也很少愿意向别人提及这些，我怕把它们给弄丢了，春天也怕把它们给弄丢了。

这些事物，大多都是一些很好的东西，将来，很可能还会用得着的一些东西。它们是藏在我心里，希望与我一道转移出去的一些东西。它们既是春天的事物，也是春天之外的事物。它们被我看见，听见，感知到，对于我完全是一种幸运。

一群鸽子在飞。天灰不溜秋的，似乎要下雨。榕树覆盖的街道，人们正在一个个走失，岁月的涟漪，在额头闪现。维也纳酒店的窗口，也有人朝我这儿张望……白昼是白的，窗户是黑的，它藏起了想要表达的一切。那群突然不见的鸽子，在我的心里盘旋，扑腾。

然后，又飞了出去。

八月，已有了些许秋意

今夜的一半是七月的，一半是八月的，它们没有痕迹地黏在一起，像孩子的拼图。风前一秒还吹着七月的树，现在已开始吹着八月的树了。我与妻子手牵着手，不敢松开，生怕一不小心走散了，八月找不到七月，七月找不着八月。

书桌上有冒着热气的绿茶和面包，一本月光下的村庄，我写过命里的八月——野蜂，南瓜花和白山羊。拾棉花的母亲，她的白发就是八月最近的一场雪。失眠的人，像一条雨季的河流，无法让自己停下来。

采野花的女孩，在八月手捧野花，亲吻了脚下的大地。寂静的树木，和它怀里的鸟，在八月天气好的时候，不论是早晨或者黄昏，都有天使降临。

神秘的夜空，流星不时地飞过。收割后的麦地多么辽阔，干燥的泥土，散发着阳光的味道。草木是地球的外套，有山，有水，有亮着灯的房。黑暗，只是暂时的，就像是人生的一块黑板。爱是上半场，也是下半场。黎明并不是与黑夜的战争获得，它只是文章的一个过渡，让转折不至显得突兀，自然而然。

当星星熄灭，像烧烤店喝啤酒的人，一个个离开。天亮了，一切照旧。我们并不知道，这一夜少了点什么？或者，又多了点什么？我们继续像昨天一样活着，也像明天一样活着。欢乐着，疼痛着……窗外的小叶榕树的树叶，还没有落尽，还是绿的，还能摇出鸟鸣。

七月风吹走的，只是天上的浮云，吹不动太阳也吹不落星星。八月滩涂上的芦苇与平原的棉田连在了一起，防风林里的鸟雀在八月十分安静。石拱桥把村里的人和故事，运出去再运回来。石拱桥驼着的背从没敢直过，像匍匐于大地的母亲。农历里藏着农业的秘诀，公历里藏着星座的秘密，它们有着永远倒不过来的时差。像朝霞与晚霞一个在东，一个在西，东西呼应。

八月，一个女孩曾告诉我，我是射手座。我会远离村庄，悬壶济世，可她只说对了一半。我远离村庄，只是打工写诗。我拯救不了人命，更拯救不了世界。我最多是一只蚂蚁，只能作为药引子入药。诗歌亦然。

风吹起的落叶，就像打谷场的麻雀。飞起，又落下，落下，又飞起，舍不得树。就像三姑父头上的一圈头发，舍不得三姑父。天边不远也不近，一棵树，一个人间。落叶就像是村里辞世的人，要在树下停三日。听听鸟的欢叫，鸟的忧伤。树叶，不是一下飞走的，也不是一下飞来的。春天和秋天，不是两只鸟。而是一只候鸟，左翅叶落，右翅归根。我不是候鸟，我只是一只麻雀，在尘世流浪。识破了稻草人的伎俩，把稻草人筑成了窝，生儿育女。

窗外的阳光很好，小叶榕像个跳肚皮舞的小姑娘，把满身的绿叶摇得哗哗作响。我不知道这样好的蓝天白云下，为什么还会有忧伤？我努力地回想，却并无答案。一只闪过窗玻璃的小鸟，说不见就不见了。这个世界上有多少人呵，走着走着，就散了。人生是个大箱子，我总是一个劲一个劲地往里装着各式各样的东西，我想快点把它装满，再无缺憾。可这又能怎样呢？属于你的快乐，或者忧伤，总会见缝插针地挤进来。这一天我会很安静，我看着窗外的阳光，它正临近黄昏，有许多美好的事物，将付诸晚霞。而我就安静地坐着，我要把箱子里的东西都搬走。让自己就像一只大箱子空空的，装满等待。

在春天，人们歌颂春雨和草木；在夏天，人们歌颂闪电和雷鸣；在秋天，人们歌颂稻麦和月亮；在冬天，人们歌颂阳光和白雪。这些美好的事物，你歌不歌颂，它们照旧美好。

我是个天真的孩子。

八月，窗外的工厂终于停止了喧嚣，要搬走了。现在，安静就是我手中的苹果，谁也抢不走了。可以找刀削它，吃它。这半年来它几乎一直被工厂掌控着。让我眼巴巴地盼着，垂涎欲滴。现在好了，我终于可以用刀一小块一小块地把安静切在盘子里，用牙签慢慢品它了。就像上海人，从上海坐火车到北京，一只螃蟹蘸酒，北京到了，蟹还没吃完。

八月，工厂终于停止了喧嚣，我看着手中紧握着的安静，竟然睡不着觉失眠了，连我自己都想骂自己一声：贱。

在我们老家，狗，也被称为狗医生。可乐是我们家的狗。它站起来有我高了。自从儿子带回了可乐，我的心情变好了，也没有先前那么抑郁了。所以，对狗医生的说法我是赞同的。

八月，我被窗外的鸟鸣诱惑，落入小叶榕绿色的梦。山并不在于有多高，关键必须是石头的。乡愁已不再是烈酒，而是低度酒，适合小酌怡情，加几味草药，亦适合养生。天空有多蓝，云就有多白，不需要找芦花、白发做比喻。河流经历了夏日的喧嚣，已学会了沉默，甚至连一个涟漪也不想有。

八月街道上的行人东南西北各走各的，毫不相干。但都是在朝着九月走，朝着岁月的尽头走。今年的春天越远，明年的春天就越近。

八月，已然有了些许秋意。

闲来读一些旧信

我喜欢柿子树

　　我喜欢柿子树，春天它手掌一般肥厚的树叶，有些笨拙地把春风抓入怀中，在枝叶间缠绵。记忆中柿子树的月光是白色的，仿佛可以酿酒，可以抒写田园的朝阳与暮色。透过柿子树的枝叶看星星，是我童年最快乐的事。尤其是夏夜，天热得难以入睡，我便会找块塑料布摊在柿子树下乘凉。母亲便会摇着一把用旧布头绲了边的芭蕉扇在我身边躺下，那风，那熟悉的汗味至今难以忘怀。不管身在何处只要使劲地一嗅，好像就能嗅到……

　　在母亲的鼻息里，渐渐入梦。那些星星先是在枣树上飞来飞去，后来一下子就全到了柿子树上，伸手一捉就能捉住，似乎比萤火虫儿还要笨拙老实。是的，老实。在那个年代，是乡下人最重要的品质。除了星星，我还梦见芦苇深处探出脑袋的水牛，我骑着这条水牛去五里外的学校上学，那是我上小学时用捡破烂的钱从生产队放牛的陈牛倌的儿子手上买下的荣耀与一身冷汗。对于一个孩子来说那牛实在是过于高大了，它光亮的皮毛简直无法抓住。要不是陈牛倌的儿子，像是按在水牛身上的扶手，我想不出半里地，我就会被水牛摔进渠道，或者水田了。

我喜欢柿子树，喜欢它淡绿透白的花。那花区别于绢花的软绵与娇柔，接近塑料花的手感，但却不像塑料花似的古板没有生气。你可以用手去触摸，不必蹑手蹑脚担心凋谢，它们就像是农家的孩子早已经历过风雨，一转眼，就会结满果实。柿子树就长在自家麦场的边上，每当麦子，蚕豆，玉米，黄豆上场的日子，风总是会把麦秸，豆萁，玉米叶等刮到柿子树上，那个季节的柿子树，就像一个情窦初开的女孩子，看着自己的新衣服左顾右盼，手舞足蹈。母亲们便会端着饭碗蹲在柿子树下，鼓动自己的孩子在场上比赛摔跤。嘴里含着饭菜嚷嚷着：摔跤，摔跤看哪个凶！自己的孩子赢了，便会哈哈地笑，自己的孩子被摔倒了，便会在一旁焦急得指手画脚，一点也不作掩饰。

　　柿子树的雏果是青绿色的，有些像青苹果。我曾偷食过它，味道生涩无比，能让舌苔变厚，说话都会不太灵活，简直是涩不堪言。和小伙伴们捉迷藏，打泥仗，累了就不由自主地聚到了柿子树下。八月的柿子已由青绿变成橘黄，让小伙伴们垂涎欲滴。每每我对他们说柿子要焐熟了才能吃，他们都不信。并且会合起伙来要与我打赌，说如果他们敢吃怎么办。我说只要谁敢吃一口，就再送他五只柿子。看着我认真的神情，别的孩子都咽了口唾沫作罢了。只有小石不服气，摘下一只就咬了一大口，不经咀嚼一口吞下，然后朝地上吐了两口唾沫，自己摘了五只柿子，把身上的口袋装得鼓鼓的。我问他涩不涩，他涨红着脸摇了摇头。其实，我们都不呆，从小石佯作轻松的表情一眼就能看出，没有焐熟的柿子是不能吃的，最起码不好吃。

　　焐柿子的方法有很多，最原始的就是放在草木灰中焐，由于草木灰焐的时间长，柿子鲜红的皮上便会有细小的黑斑，有点像少女脸上的雀斑，但颜色比雀斑要深一些。草木灰焐熟的柿子味口极高，鲜甜鲜甜的。我喜欢汉字状物的神奇，只甜字前着一个鲜字，就把柿子的甜味说透了。棉花焐柿子是最干净的，找个木箱铺一层棉絮，把柿子一只只排好，再盖一层棉絮就行了，简单得就像是给柿子铺了一下床。但我家的柿子树只有一棵，大部分柿子焐熟了，是会被母亲放在篮子里拿到集市上卖钱的。于是，我便会使下小聪明，偷偷摘几只柿子放在三门橱的被子里焐。起初，一天要翻看几次，可柿子像是要存心跟我作对似的就是不肯熟。当我渐渐失去耐心时，熟透的柿子却被晒被子的母亲发现了。被压破的柿子，把被子弄得一塌糊涂，不忍目睹。母亲让我和两个妹妹，一溜地站到柿子树下，拿把笤帚进行拷打逼供。我反正是死不认账。因为我知道，只要一认账，母亲更会打得理直气壮。到最后还是小妹哇哇的哭声，止住了母亲的打骂，让我躲过了笤帚这一劫。

虽说草木灰、棉絮焐的柿子好吃，但熟得慢，熟得不齐，卖相不好。后来父亲就改用白酒催熟。再后来柿子结得多了，又改用乙烯利催熟。这样催熟的柿子卖相虽好，但却再也品不出那种甜里的鲜了。每年柿子红了的时候，都会吸引成群的麻雀、灰喜鹊、白头翁来啄食。我就会躲在打开的窗子后头，拿弹弓石子赶它们。可鸟们精明，总是能在石子射出前一哄而散。所以，每年柿子红了的时候，鸟儿都会在柿子上留下铅笔印似的啄痕。有时我会站在柿子树下，仔细看鸟在柿子上的啄痕，觉得鸟儿们仿佛不是仅以柿子充饥，而更像是在用嘴在柿子上作画，画得最多最好的是季节的鱼尾。假若你见过鸟雀啄食过的半生不熟的柿子上的啄痕，你一定会觉得没有比鱼尾更贴切的比喻了。

柿子树不需要浇灌，它需要的养料除了棉饼之外就是铁屑了。父亲几乎把所有的废旧铁器都埋在了柿子树下。我有时候真不敢相信，那些坏铁锅、铁锹、铁铲，还有自行车上的旧钢圈，旧前叉等坚硬的东西，都成了柿子树可口的食粮。甚至有好长一段时间，有点小农经济思想的父亲把柿子树的这一习性，当作秘密，守口如瓶。我喜欢柿子树，喜欢它以铁的品质生成的树叶与花朵，好像从不愿轻易对人示弱，就像我的父辈们性格里天生的倔强。我曾经以为柿子是一定要焐熟才能吃的。其实不然，柿子也是能在树上长熟的。霜降后柿子树的树叶渐渐落尽，黑色的树枝像是美妙绝伦的铁艺，那红色的柿子都熟透了，像是风中摇晃的灯笼。夕阳的余晖均匀地洒照在柿子树上，温暖而又美丽。站在树下为我摘柿子的母亲说，自然熟的柿子比焐熟的柿子更好吃。看我有点犹豫，母亲就指着被鸟啄得只剩下柿蒂的柿子说，放心吃吧，绝对不涩嘴，最正宗的绿色食品。

吃了两只柿子后，嘴里甜得起黏，显然自然成熟的柿子比焐熟的柿子有着更高的糖分。我取出手机想在最后的阳光里拍下挂满了灯笼似的柿子树。可无论怎么拍，也没有自然状态下的柿子树好看。倒是树下的母亲在夕阳下，满面红光，连皱纹里都仿佛藏着取之不竭的温暖与慈祥。让我差点误以为母亲还在我童年的煤油灯下，为我和妹妹纳鞋底，那抽动的白色的鞋绳，牵动着柿子树下母亲额际的白发，让我的眼眶好一阵灼热……记忆中的灯笼，是爷爷用铁丝扎的，外面糊上红纸，点一盏用墨水瓶做的煤油灯，用芦苇一挑，就成了。与照片里的柿子极其相似，提着灯笼走在夜色中的田野里，哪怕风再大灯笼也会毫不犹豫地亮着，为我在地上画出一个拒绝黑暗的圆。这样说来，这个冬季母亲的心里是没有半点黑暗的，因为柿子树已为母亲画了无数个拒绝黑暗的圆。

我喜欢柿子树，喜欢柿子树给我的美好回忆。当我与母亲告别，天色已晚。窗口的灯光下，我发现柿子树下堆着的空酒瓶，弃丢的拖拉机内胎做的旧皮袄，捕鱼的丝网。酒瓶上的商标早已模糊，皮袄上尽是时间风化的裂痕，沾着枯叶杂草与树枝的丝网更像一团乱麻。我问母亲为什么不把它卖了。母亲说乡下已好多年不来收破烂的了。我知道这是母亲的借口，因为那些酒瓶都是父亲喝下的，皮袄丝网也都是父亲用过的，包括那棵场边的柿子树都是父亲留下的。对于母亲来说，没有比这些更能表达对父亲的怀念了。

我走在门前的小路上，路边的枯草上已结了一层白霜。母亲养了好多年的小白狗——小欢一直跟着我，怎么赶都不肯回家。于是，我只得叫母亲把它喊回家。"小欢，回转！"随着母亲的呼唤，小欢一下子就不见了。只有柿子树还在母亲的窗口亮着，那一只只跳动在夜色中的柿子，其中好似就有我一颗被故乡的回忆焐热的心，再大的风，再漫长的路也不能将其熄灭。

回到家，我解开母亲给我的小布袋，那是母亲亲手做的柿饼，更确切地说是柿子干。我把柿子干分成三份，因为母亲嘱咐我一定要分一点给两个妹妹，说她们难得有空回家，一定要让她们也尝尝母亲做的柿子干。我知道做柿子干很烦，要在柿子半生的时候摘下，削皮切片，放在锅中蒸熟，再摊在芦苇帘子上晒，还要选择连续的晴天，一气晒干，才好吃，有嚼头。母亲的耳朵不好，做柿子干前总是要把电视的音量调到最大，听天气预报，不为别的，只为做出的柿子干好吃，儿女们爱吃。我喜欢柿子树，记得我曾偷偷地挖过父亲埋在柿子树下的废铁，卖到供销社的收购站，换小人书看。但柿子树并没有因此而心生忌恨，反而一直为我保守着这个秘密。就像是父母对待自己犯错的孩子，耐心地等着孩子自己说出。我喜欢柿子树，因为柿子树下有生我养我的土地，有为儿女们始终守候在故乡的母亲。

包裹阳光的棉花

　　种棉花是辛苦的，虽然这是一句废话，但我还是忍不住要说。

　　在苏北老家，四月的阳光美酒一样让人陶醉，弥漫着新麦灌浆的清新，和油菜花带着蜜的香味。整个村庄就像是一块魔方，绿和黄的魔块组合，被纵横的河水编织在一起，无论你从哪个角度去欣赏，都像是一幅神奇的春天的油画。那绿与黄的鲜艳，我至今无法明白：它们究竟是风的杰作，还是土地生出的梦幻。

　　还是四月，我们在麦地的边上，开始制钵，丢种，育棉花苗。脑子里满是对秋天的希冀。那些日子，布谷鸟飞在辽阔的麦地，"麦割，麦割"地叫着。那叫声有一种让人无法抗拒的磁性，就像街巷里的小货郎，经典的叫卖声，永远是那些个词，却能一辈子叫得乐此不疲。我喜欢布谷鸟的叫声，时常会学着它的叫声去地里干活，好像自己就是一只布谷鸟，可以为土地而生，可以为土地而死。

　　麦子和油菜一收完，就要搬营养钵了。搬营养钵的过程很简单，先在池子里取苗运到要种棉花的地里，再像写字似的把棉花苗一棵棵地栽下，浇上水就完了。头几天，刚移栽的棉花苗看起来总是蔫蔫的，好像营养不良的样子，我甚至有些担心，它们会不会死掉。但父亲说，别那么小瞧它，棉花的生命力强着呢！它只是像你一样，这几天给累着了，只要歇上两天就会恢复，力气用了是还会长的。我明白父亲话里的弦外之音，但我只是哦了一声。揣着明白装糊涂，一直是我对付父亲的法宝。

在我的老家苏北棉区，棉花是乡亲们一年的盼头，是家中宴客的鱼肉，孩子们过年的新衣，开学的学费，儿子结婚的新房，女儿出门的嫁妆。所以，打小母亲就带着我在烈日下给棉花整枝掐花头，蹲坐在棉花地里拔草，在清晨的露水里捉棉铃虫。一直以来，我对棉花的愧疚，是因为我虽生在产棉区，但对棉花的植物属性也不是很了解。棉花是锦葵科棉属植物，喜热、好光、耐旱、忌渍，原产于亚热带。植株灌木状，在热带地区栽培可长到六米高，一般为一到两米。花朵乳白色，开花后不久转成深红色然后凋谢，留下绿色小型的蒴果，称为棉铃……棉铃刚起时青嫩嫩的，我曾与小伙伴们把它当着水果吃过，甜且清凉，内面的棉絮有点像山竹的肉，白且多汁。自然，为吃棉铃，没少挨父亲的骂。棉铃内有棉籽，棉籽上的茸毛从棉籽表皮长出，塞满棉铃内部。秋天，棉铃成熟时裂开，露出柔软的纤维，就是那个年代我们赖以生存的棉花。

棉花盛开时，棉田里一片雪白。我系着围腰跟在母亲的身后拾棉花，哪怕我拾过的棉花壳里有一点残白，母亲都会用手指捏出来，不肯放过。母亲把那残白称之为眼屎，我至今都觉得那比喻既形象又生动，是我的诗歌都无法企及的。拾好的棉花放在芦苇编的帘子上晒好了，就装到麻包里，等着花站一开磅就去卖。

晒好的棉花，在夜里会透出一阵阵阳光的暖香，我是闻着那暖香长大的，所以，无论遇到怎样的坎坷挫折，好像都不曾心灰意冷过。

卖棉花是乡亲们既盼着又有点畏惧的事，他们都会在心里祈求菩萨显灵，能让自家的棉花卖个好价钱。那时候收花站的棉检员可吃香了，总有人拍着他们，送这送那，请吃请喝的。棉农们从不去计算棉花高个一级半级的，多出的钱够不够支出请客的钱。在他们的意识里，棉花卖的价钱好，是他们家的棉花种得好，是荣誉。他们喜欢在别人羡慕的眼神中，说出一亩田的收成，哪怕只比别人家高上五十元，也会兴奋地憨笑。我父亲是个精明的人，他不止一次地帮三叔算过这笔账。可三叔好面子，总是说那棉检员是三婶家的亲戚，就是不帮他卖棉花也是要请他吃饭的。

霜降过后，棉铃就僵了。需要采回家，坐在太阳里剥。那黑色的棉铃壳加上霜水会把手浸黑，布满红色蚯蚓似的裂口。我记得曾写过一首诗，描述过母亲剥棉花铃子的情景：这是入冬以来难得的好天气/母亲跪在堂屋的水泥地上/腰间系着的蓝土布围腰/拖及膝下，阻着一些地上的寒气/温暖的阳光敞开母亲/对襟的大棉袄露出一件我穿过几年/起了许多球的旧毛衣/一边剥着棉花铃子/一边用嘴叼下棉花上褐色的枝叶/满是裂口的手指缠着/白色的胶布才摘了两天的棉花铃子/就被霜水打得漆黑/人说十指连心母亲用连心的疼痛/熟练地剥开霜水里泡过的棉桃/取出自己有些僵硬但依旧纯白的劳动/即便被棉桃戳出血来/也只是皱一下眉，脸上始终挂着笑容/这是入冬以来难得的好天气/我和母亲有说有笑地/把霜雪煎过的棉花/把霜雪煎过的日子/铺开在芦苇编的帘子上

/因为有了任劳任怨的母亲/乡村的冬天就像是纯棉的/越晒越暖

　　记得去年冬天，妻子把家里的棉花褥子都给换上了羊毛被、羽绒被，我看了下说明，发现这些被子既不能洗，又不能曝晒，还那么贵，便有些不悦。妻子却不以为然地说我落伍了。落伍就落伍吧，反正我还是喜欢棉被，喜欢只有棉被才会有的阳光的味道。我背着妻子把旧棉胎送到了街上的弹花铺，当弹花匠把我们家的旧棉胎弹得焕然一新，并且还网上了一层久违的红绒线时，我的心里便有种抑制不住的温暖与幸福。这温暖与幸福源自苏北平原，源自记忆里永远无法忘怀的劳动，源自在那片土地上以种植棉花为生的乡亲——他们弯腰在棉花田里流下辛勤的汗水，最后消失在棉花盛开的雪野，但他们蕴含在棉絮里的朴素的爱，仿佛包裹阳光的棉花，纯洁而又温暖，怎不叫人刻骨铭心。

黑　猫

　　黑猫就叫黑猫，没有别的名字。当我认真地告诉朋友，黑猫救过我老婆与儿子的命，朋友们便会讪笑着露出怀疑的眼神。显然，这对黑猫无疑是不公平的。虽然，在我的心里从没怀疑过黑猫的英雄身份，但它的故事终究知道的人很少。我一直想写一写黑猫的故事，让更多的人认识黑猫，可一动笔又觉得不知从哪说起。不是不想写，是怕写岔了，有损黑猫的形象，伤害了黑猫。

　　黑猫的母亲其实就是我妈养的一只菜花黄的普通母猫，善捕老鼠和鸟的母猫。至于它的父亲我从未见过，但从遗传学的角度出发，可以猜想它的父亲肯定是只黑色的公猫。我曾问过母亲关于黑猫父亲的事，母亲说她也没见过。自然这是黑猫没了以后的事，在黑猫消失之前，谁也没有想到要去考究黑猫的家世，因为谁也没有看出黑猫有一天会成为救人性命的英雄。黑猫的确是只很普通的猫，它能让人起敬的地方，或者就是一身黑得发亮的毛皮。

　　黑猫的脾气倔，不怎么会主动与人亲近。白天和晚上都很少看见它的身影。只有捉了老鼠和鸟，才会主动出现在我们的门前，非要等我们发现了它的成绩，才会把老鼠和鸟叼走。妻子说它这是在邀功请赏。但它请的赏并不高，每次也就两条小鱼干而已。黑猫初到城里生活的时候，曾经绝食了好几天，躲在床下，不肯露面，任你怎么咪咪咪地唤它就是不出来。妻子无奈，只好把煮好的鱼放到床下让它吃，可妻子下班回家，鱼还是原封不动地在那里。就在妻子怕它会饿死，不知如何是好时，盘子里的鱼终于被黑猫一扫而光。

其实，我并不喜欢养宠物，无论是狗或猫。但我也不讨厌它们，并且从来没有怀疑过它们是人类忠诚的朋友。当然，如果不是家里闹老鼠，我是绝不会养猫的。这不仅是因为我对养猫没有兴趣，更主要的是儿子在五岁时在街上逗狗玩，被狗抓伤了，要打疫苗。好不容易找到狗的主人，主人却不认账，只好自己花了钱给儿子打了疫苗——虽说心疼钱，却又不能不去打。在防疫站，我还遇见了一个被猫咬伤的老人，由老伴带着打疫苗和血清。在交钱的时候，大爷颤抖着手慢慢地从一块皱巴巴的红布里一张又一张地往外取钱，那种不舍与犹豫让我刻骨难忘。那可是好几大百，要多少麦子与玉米才能换来，得流多少汗水才能换来！从那以后，我便与猫狗少了亲近，潜意识里与它们有了无形的距离。并且暗下决心，家里绝不养猫养狗。

但造物弄人，春天家里闹起了老鼠，在电线上爬来爬去的，嚣张得很。偶尔出差回家，床上竟有了黑色的老鼠屎与黄色的老鼠尿，要打扫清理好久才敢上床睡觉。那一年的春天我对老鼠真是恨得咬牙切齿，消灭老鼠成了一件让我咬牙切齿的事。起初用老鼠笼捉到了一只，家里消停了几日，后来又用粘老鼠的纸粘了两只小老鼠，家里又平静了几日。可老鼠太狡猾了，从这之后老鼠笼和粘老鼠的纸上就再也没有上过老鼠，老鼠依然猖狂。我想来想去不得其解，去问卖老鼠笼的，他说笼上沾了老鼠的气味，要用开水烫。我嫌麻烦，索性买了几包鼠药，放在老鼠时常出没的地方。这东西灵光，没两日就发现药死了两只巨无霸。我轻松地叹了口气，家里终于可以说彻底地消灭了老鼠。可新的问题又来了，随着夏天的到来，我越来越发觉家里有种说不出的气味，并且气味随着天气的转暖越来越难闻。我和妻子几乎同时说出了三个字：死老鼠！于是，搬床，搬沙发，搬衣柜，直到搬开书橱时，一股恶臭迎面袭来，要不是本能地捂住了鼻子，肯定会窒息过去。死老鼠早已生蛆，我让妻子打着手电筒，我手上包裹了好多层方便袋，对死老鼠进行清理。清理完后，又在地上洒了石灰消毒，洒了花露水去臭。这之后，有个把星期，我食欲不振，吃什么都没有胃口。

那年的端午节回老家，与母亲谈起闹老鼠的事。母亲说家里正好下了一窝小猫，被邻居逮了一只，家里还有两只，一只菜花黄的温顺些，一只黑色的野些。我说等吃好饭，回去的时候再说。母亲似乎看透到我的心思：你还不想要呢，我还舍不得给呢！我说不是的，我怕不会养。母亲说这有什么难的，猫喜欢吃鱼，只要给鱼吃，养养就养家了！吃完饭，母亲把温顺的菜花黄装在蛇皮袋中让我们带回去养，说黑猫野，怕我们养不家。可妻子和儿子非要那只黑的，母亲无奈关上门，好不容易把黑猫从粮囤上捉下来。我们带走黑猫的时候，黑猫的母亲伏在门槛上，眼里满含幽怨与不舍。

母亲说，猫子的好坏在乡下是以猫出生的季节分的，最好的当是菜花猫，最孬的是夏猫。黑猫是在菜花开败了之后才生的，严格来说应该是夏猫。我听得懂母亲的言外之意，如果不严格的话，黑猫也能说是菜花猫。而对于我来说，更相信一句话：不管黑猫白猫，抓着老鼠就是好猫。本来我养猫就是为了抓老鼠的。

黑猫是只母猫，这是妻子告诉我的。第二年菜花黄的季节，黑猫就下了两只小猫，一黑一白。还没满月就被邻居预定了。可没过几天，两只小猫竟失踪了。儿子说是被黑猫吃了，是他亲眼看见的。可我始终不信，虎毒还不食子呢，何况是一只猫。直到有一天，我听见阁楼储藏室的纸箱里有小猫的叫声，才算洗了黑猫的冤屈。黑猫的性格孤僻，甚至还让人觉得有点神出鬼没，不为别的，只为每到吃饭的点，别人家的猫都会围着桌脚喵喵地叫。只有黑猫从不这样，甚至，你放在盘中的猫食，它都不会当着你面吃。冬天，妻子晒太阳时，碰巧看见黑猫，也会把它放在腿上抚爱一番，黑猫也会显得温顺，眼中露出温柔的神情。但这样的时间很短，它会主动从妻子的腿上跳下转开，消失得无影无踪。有时候我会觉得黑猫是很懂得进退的，所以，无论这个世界怎样变化，它应该也不会受到太多的伤害。

黑猫的死是悲壮的。那年我去石家庄开改稿会，夏末初秋的季节，晚上蚊子嘤嘤地依旧扰人清梦。记得黄昏时，天上下起了小雨，我们住宿的工人疗养院的小树林，偶尔会落下几片橘黄的树叶。不知是雨天气压低，还是因为下雨不能出门的缘故，反正心里有一种说不出的烦闷。我站在窗口，看玻璃上流淌的雨水，想着这些窗玻璃或者就是房子的脸庞，但却不知它为何而流泪。是为季节的变幻，生命的无常，时光的飞逝……晚上有舞会，我不会跳舞，坐在椅子上看别人跳。音乐，咖啡，绚丽而又朦胧的灯光，让我有些沉醉。就像睡眠前那种酣然的平静与幸福。直到湖州诗友的一曲嗓音有些沙哑的《我是猫》，才把我从迷糊的状态中唤醒：我是猫，一只摇滚的猫。我是猫，摇摆身体的猫。踮起脚尖我甩甩头呀还要动动眉毛，听到音乐就不由自主会跳舞的猫……显然，这是一只与我家的黑猫不一样的猫，但它的确让我莫名地想念起家中的黑猫来。世界上有许多神奇的事，其实都是冥冥中注定无法抗拒的，包括那一夜我在石家庄对家中一只黑猫的想念。

关于黑猫的死，是我陆续听妻子和儿子讲的。那是我从石家庄回家后的第二天，偶尔问妻子：猫咪呢？这是妻子对黑猫的昵称，我一般很少用，或者那是我第一次用。妻说，不知道。我便没有再问。晚上，我抱着儿子用胡子扎他时，儿子贴着我的耳朵说，猫咪死了。我骂儿子，别瞎说。儿子竟然号啕大哭起来。我看着一旁红着眼圈的妻子，才敢相信黑猫是真的死了。

黑猫死了，死于难产。妻子说，那日儿子睡到半夜喊有蚊子，便点了蚊香，可没过多久，儿子还是跑到了妻子的床上睡了。后来一阵接一阵的抓门和撞门声把妻子从梦中吵醒，妻子打开门，发现儿子的房间里已是一屋子浓烟，是席子下垫的被胎着火了。当妻子把火灭了，才发现房门上尽是猫的爪痕，和隐约的血迹。躺在剥落的油漆与血色中的黑猫已经奄奄一息，胯下的小猫刚露出半个湿乎乎的身体，好像一堆模糊的血肉，黑猫似乎再也没有力气把猫仔生出……妻子看着黑猫痛苦的样子，不知如何是好。为了能让黑猫省点力气，少些疼痛，只得像助产士那样帮着黑猫把小猫慢慢地拉了出来。在妻子给黑猫准备的毛毯上，黑猫用嘴叼着小猫，一点一点地舔着小猫身上的血污，它舔得那么认真那么柔情，仿佛要把身体里所有的爱与温暖一点一点地全部舔进小猫渐渐冰凉的身体……

　　可第二天黑猫和小猫还是失踪了。不是说猫有九条命吗，我想我家的黑猫肯定也一样。我一直不愿相信黑猫死了，而更愿意相信它正躲在什么地方喂养它的小猫仔呢。可过了好久，黑猫终究还是没有回来。好像就从那一夜突然在这个世界上消失了，甚至没有任何的告别。事隔数月，母亲告诉妻子，猫生产时是不能帮着拉的，这样说来，黑猫很有可能是被妻子的好心给害了。

　　也许黑猫是真的死了，在救了妻子和儿子后，因为难产而死了。此后的夏天妻子就买了蚊帐，再也没有点过蚊香，也没有再养过猫。妻子说黑猫的死是她造成的，我说不是，因为那一夜之后死活都没见着黑猫的踪影。我宁可相信它只是偷偷地离开了我们，在另一个地方，带着它的小猫仔正在树林捕老鼠捉小鸟呢。黑猫一定还活着，我相信只要打开四维空间，或许就能看见在天堂的花园里快乐地扑着蝴蝶的黑猫。黑猫没有死，对于我们来说黑猫就是天使的化身，它拯救了我们，让我们的生命里从此有了更多的怀念与爱……

　　黑猫是英雄，英雄得永生。

中年，健康是种天气

　　人至中年，对许多事情的看法都有了变化，似乎更理智，更现实，更善于坚持与妥协了。对生命、爱情、亲情，都有了清晰的脉络，他不是孩时把手对着太阳，手缝里透出的那点红，他是一种遍布全身的温暖，像雨水对河流的渗透与充盈。我们除了财富、声名，还开始关心起了健康、灵魂，与生死，人至中年，已进入了生命的核心部分，透过纷纷扰扰的表象，触及了本质。

　　我曾以为对这个世界有多少爱，就有多少愤世嫉俗。现在我还是这样以为，变化在于表达的方式，已不再那么直接冲动，而更趋于委婉温和，在内心多给了这个世界和自己一个缓冲。就像高处的水流在经过一片开阔地后，形成的湖泊。

　　当我们有了镜子照见自己，平静似乎成了管理好表情的技能与捷径，我并不想给这个世界一副可憎的嘴脸，即便中年已至，我们会抵近苍老，丑陋与枯竭。可那又怎样呢？只不过是雨中枯荷表述的秋声。与青春的表述相比，只是更成熟了一些，透彻了一些。

　　对于一些无法抗拒的事物，比如一场雨，如若拒绝不了，就选择接受。因为不是所有的雨都是灾难，它也蕴含了许多善良与美好。谁还没淋过雨呢？谁还没有过快乐与忧伤了？没有经历风雨的人生，始终是脆弱的。

我仰起脸，给雨一个笑脸。

雨停了，日子并没有摔碎。麻雀摇晃着竹林，竹笋脱下笋衣，从婴儿到少年只是瞬间。学会了说话、写字，和张开双臂……

雨停了，日子被阳光照得有点反光，辣眼睛。一个奔跑时崴了腿的人，不知道该怎样着地，怎样飞。地里的麦子割了，还有更多的麦子。一场雨停了，还有下一场雨。我们都排着队等着，前面的人越来越少，后面的人越排越多，有人插队，又有人插队，我们都忍了，没有什么好争的。只要是排上队的人，早晚都会被叫到名字。

雨停了，一个崴了脚的人很想出去走走，脚一点也不疼，又好像很疼。

雨停了，就好像从没下过。就如同年轻时翻过的一本书，几乎完全记不得内容了，但我记得很清楚，确实看过这本书，在这本书上不止留下一次指纹。

一本看过的书，被更多的书遮挡，但却改变不了看过的事实。

我在一棵树上看到红色的花，和它落下的细小的花絮，黄色的，满地都是。就像我初来深圳时，在东门步行街看到的密密麻麻的人。漂泊是一个可疑的词，我一生都在收集自己与它之间的过往和证据。

这些年，节日越来越多。但重要的节始终还是那几个。传统看似在被改变，其实也是像在旧家具上刷了一层新漆，伤不了传统的骨头。

中秋节后第一天，地铁上的人真多，挤来挤去的，就像喧嚣的人间。我就在人群中，很安全，一点也不恐慌。只有独自一人时，心静下来时，才有空闲与时间想被挤下车的事。就像风大浪急的河流，又蹦又跳，不想忍耐与宽容，也不想两岸的草木与房屋能不能带走。

终点站一到，车上所有的人都会自己走下地铁。

这些天总是失眠，多梦。这似乎很矛盾，都睡不着了，哪来的梦？我不解释。等你也失眠了，就懂了。其实有些失眠，大多是被梦整的。什么梦？梦就两种，不是好梦，就是噩梦。子夜突闻蟋蟀声，像电钻往肉里钻，响了又停，停了又响。像401的少妇，家里搞装修，对我的抗议不屑一顾。还嚣张地说，有种去报警。我当然有种，只是不知道蟋蟀归谁管而已。

中年如约而至。

秋天已经很近了，像窗外的梨，看似伸手可摘，就差一厘米，十毫米。夏日的狂躁正被蟋蟀一针接一针的镇静剂，给灭了。蟋蟀，是一只黑色的虫子，像教堂的牧师，头顶的触须，已拼不出十字，嘴里却永远振振有词。我把手放在胸口忏悔，有时候，忏悔就是个虚词。这一生见过听过的经书太多，人们念叨的往往只有一句，菩萨保佑……

蟋蟀声又起，乡愁锋利，白昼渐短，黑夜渐长，正好与季节的影子吻合。

这些年白天与夜晚总是莫名地消失，我一点也不觉惊奇，明天不管多么美好，能抓到手的只有今天。每天都有人生，都有人死。

地球就是一台天平，它以转动掩饰生死的失衡。城里的夜晚没有星星。被灯光污染的灵魂，终将变得暗淡。昨天，是一粒丢失的纽扣，今天是另一粒。在时间的流水线上，人生总是衣不蔽体，只有月亮还会圆缺，模拟人间的幸福与伤悲。鸟鸣一声是旧，一声是新，对于桂圆树并无多大区别。一只茶壶搁置久了，有灰尘；使用久了，有茶垢。犹如沦落凡尘的肉体，既不能永生，也不能永恒。

危险，有许多鸟在提醒。蝉还在土中，它将顺着树干往上接近天空和诵经大殿。但并不经过年轮，年轮的外面是更沧桑的树皮。

就像一个孩子爬过抽水机灌溉的水管，并不经过管中冲动的水流。蓝天白云，与一场雨终得彩虹。阳光的金箔，怎样才能炼出纯金？

有许多工具，和手艺已经失传。那个种水稻的人睡了，水田里白色的海鸥尖叫着俯冲下来，入侵者，有时比我们更理直气壮。插秧的人一路后退，风吹着绿色的秧苗，这些小旗代表春天，已和平解放。秧苗，拔节抽穗，插秧的人退着退着就成了稻子。

烟囱是大地敬给天空的第一支烟，烟瘾难耐，快乐与伤害就在一念之间。危险，狗一路嗅着，我们吃饱了饭，像一只蚂蚁绕着自己的血管爬行。温饱思淫欲，只是自己调侃自己，总比别人的侮辱要好。小南风抚摸着果子，像一个婴儿找到了枝叶间母亲藏着的乳头。萤火虫飞呵飞，银河的外星人都变成了亮着尾灯的小虫子。我要说一个秘密，童年的飞船都是外婆的药瓶做的。透明，易碎，像一场悬而未决的雨，可能落在秋天冬天，也可能落在夏天春天。人非草木，却也没有第五季，第六季……任凭蹉跎。

闪电——这些藤蔓，高光，比昙花还要短暂。它的果实，天空这么大的叶子也藏不住它轰隆隆滚动的声音。一场雨的前奏，伴奏，都需要挥舞的指挥棒，和鼓。这些藤蔓着了火，像一个男子额际暴起的青筋，一面墙的裂缝透着阳光。东半球与西半球的屏风，红色的刺绣，血，涂抹和擦拭。我不听交响乐，不听一群人一堆乐器，装模作样地抄袭一场雨。

很久以来，我一直是孤独的，不会因为中年的到来而改变，孤独不是坏事，至少能让人觉得稳重，成熟，有思想。如果给孤独立尊雕像，我想他就是第二个思想者。至少在我的眼里思想者是孤独的。而孤独者都是有思想的。要不然，他的孤独便是廉价的，是装出来的。

一直以来，我都是孤独的，也是有思想的。但我的孤独与思想都还不够深刻。我有自知之明。我的孤独与思想正处在一条河流的浅水区。随着中年的到来，我想它是会越来越深刻的。

一直以来，我从不否认我有那么一点恃才傲物。你们看不出，不是眼神不好，是我的才还不够多，能傲的物也少。你们看不出，是我傲物时还过于犹豫，不坚定，也不从容。就那么一点面子与自尊，我从未有过视金钱如粪土的想法，那是罪过，我连犯罪的机会都没有。所以，我装也要装着，有那么一点恃才傲物。

中年已如约而至，已无法抗拒。

我不知道岁月是怎样一点一点，把我的春天取走的。除了花花草草，昆虫与飞鸟，肯定还有一些笨重的东西，比如爱、孤独，与信仰……我不知道它们是怎样一点一点，把夏天悄悄地塞进我的身体的，接着是秋天，还有冬天。生命的四季，我不知道它们是怎样一点一点，把我的春天取走的。不是因为快，也不是因为慢，是因为几乎没有感觉。就像大震前的无数次小震，在已知的结果面前，我并没有意外也没有震惊。或者既意外又震惊。爱，孤独，与信仰……它们都是些笨重的家伙，只有笨重的死亡才能将其搬走。

我不知道它们是怎样一点一点，把我的春天取走的。知道了，也管不了。我只需要一个晴朗的日子，没有一丝惊慌地，欣然接受。

我的春天开始倾斜，朝着秋天的方向。就像一本书会滑出桌面。封面的花儿会消失，黄昏的昆虫会越来越多。我生病的眼睛，时常认不出自己，不只有变形金刚才会变形，这个世界也会，我也会变成麻雀，或者，树上沉默的斑鸠。我受过伤，一颗铅弹还卡在骨缝里取不出来，就像取不出落在诗里的文字。我想把一年中的二十四节气都写成诗，我知道有人干过，我还想干一次。这世上许多事别人都干过，我们不都还在干。恋爱、上学、吃饭、抽烟、喝酒、祈祷、忏悔、孤独、忧伤……我知道，我很庸俗，可我也写诗，歌唱。我喜欢干净，也喜欢到河边散步。那些河水流过河床，也流过我。垂钓者踩死的芦苇，多给了岁月一个复活节。我不喜欢下雨，雨天会让人心情郁闷、空虚，抠着墙上的字寻找意义。我会去雨中奔跑，在旷野上遇见童年的木屋，和搁浅的芦苇船。一起堆木屋的人呢，留在了故乡？我不会哭泣。所有美好的事物，都已擦去了眼泪。若故乡变得模糊，母亲也会变得模糊。这世上还会有比她们更爱我的吗？我无须答案，我胸有成竹，但我不说出来，也不画出来。我只会写诗，我只写给自己，我知道我比任何人，任何事物都爱自己。

春天开始倾斜，坐上时间的滑滑梯，我把自己像石头，搬上山；然后，再滚下山。我是中国人，永远都是。不管地球是圆的，还是方的，我都会坚持直立着行走。这是人与动物的区别，也是人与人的区别。我在乎自己的这种区别。

我从十三岁就开始偷父亲的烟抽。起初只是为了点炮仗，后来只为借点炮仗抽烟。再后来，就与父亲成了烟友。

两个抽烟的男人靠得很近。他们之间的距离如台阶，弥补不了高低的缝隙。但可以藏一场雨，几声鸟鸣，可容一个人侧身而过。

树叶落下，在春末夏初。一个抽烟的人与另一个告别。如同食指与中指与夹过的一支烟告别。灵魂的烟雾纠缠，又被风吹散。只留下肉体的灰落在台阶上。两个男人能谈些什么？生死太沉重，诗歌太轻薄，爱情不如女人直接……他们有些茫然，丢下烟蒂又各自踩了一脚，就好像踩了一脚自己若干年后的尸体，或者，刚刚谈过的那些人。他们突然发现他们并不能像丢下的烟蒂，那样亲密，肝胆相照。青年与中年之间的距离，与血缘无关，它是一种物理的存在，更是一种时空的轮换。

就如同从甲地到乙地，最快的交通工具是飞机。将来，我们或许会找到更快的，譬如光。但将来的事，有些是我们能做到的，有些是我们做不到的。

机场有多少飞机没数过，它们都像是会下蛋的母鸡，咯咯咯地扑腾着翅膀，从甲地飞向乙地，下完蛋再飞回来，咯咯咯地再下一批蛋。很荣幸，作为一只蛋我在甲地被下过，在乙地也被下过。T3航站楼，送机，接机，最没有耐心的词不是话别，也不是相聚，而是时间装饰的等待。人至中年，失眠是一架银色的飞机，它的发动机轰隆隆的，就好像有一只土蜂裹着菜花的香，钻进了我的左耳，想从右耳出来。

就像青年到中年，岁月形成的贯穿伤。

天空好像吃得太饱了，灰蒙蒙的，特别不舒服。中年，走在大街上只有红绿灯，没有十字路口，也没有东南西北。向前，再向前，就剩下明天一个方向了。许多花开了，又落，落了，又开；许多鸟从早晨飞过，也从黄昏飞过，它们是同一群鸟吗？是，或者不是，都不重要。凡是美好的事物，总是一样的，至少对于我是这样。天空灰蒙蒙的，没有月亮，也没有星星。走到一棵树下，坐了一会儿。中年，健康是一种天气，就连天空这么庞大的事物，也会有脆弱的时候，不舒服的时候，没有月亮，没有星星的时候。早晨来过这个世界，黄昏来过这个世界，昨天、今天、明天都来过这个世界。

中年，健康是种天气——好天气。下雪也是，下雨也是，平坦也是，坎坷也是。

人越老越思乡。我不知道中年算不算老，但思乡的频率从中年开始还是明显地加快了。记忆中的故乡，春天最美。

那时，故乡油菜花开了，高高的土圩矮了，天空和白云都矮了。河水平静，没有一点涟漪，一只鸟飞过，它水中的影子是完整的。空气中弥漫的油菜花香让人沉醉，不知是来自风、蜜蜂，还是春天的暖阳？春天的露水早已干透，白蝴蝶一只、两只、三只……飞飞停停，越数越多。树木下村庄的房子已有点古老。但鸟巢却是新的，麦子也是新的。故乡的油菜花开了，油菜花里踏青的人，有的，还会回来，有的，就真的走远了。快乐与忧伤，就像白天与夜晚，总喜欢把这个春天一分为二。

我们不说话，鸟鸣也没有一点杂音。

母亲说，不顺心的时候，多抬头看看天，看看远方，心情就会好。我一直半信半疑。可最近不知道为什么越来越喜欢仰头看天，看奔跑的云，静止的云，白云，和乌云。

我能感觉到天空的心情也是或晴或雨。就像我们经历过的那些欢乐与悲伤。这又有什么呢？每一天的天空都不一样，又都一样。喜欢树木与花草，它们永远向天空袒露着五脏六腑，一叶一花一果。我已厌倦了城里的高楼大厦，车流，匆忙的人群，红绿灯。在一个陌生又熟悉的城市，越来越觉得没房子，就如同一只鸟没有窝，树没有根，浮躁，不稳定。我见过旷野里的一棵大树，它撑着树冠，天空，飞鸟，也撑着孤独。树越高，孤独就越坚硬越巨大。不知道为什么越来越喜欢仰头看天，或者是因为孤独，或者是为了逃避。或者，只有在仰头看天时，才能让内心平静，没有妥协的哀伤。

对了，我似乎还忽略了一点，母亲的叮嘱。

中年莅临凌晨三点半的上村，天空是深灰色的，路灯还亮着，扑火的飞蛾已经疲惫。水贝公园的花草露水，并不像钻石善于炫耀。我伸手想摸一下它们，可它们还在睡觉。扰人好梦，不是好事。凌晨三点半上村有许多失眠的窗口，还亮着灯。其中有我一盏。

我猜不出哪些是熬夜的，哪些是刚睡醒的。就像猜不出哪朵花是刚开的，哪朵花是以前开的。我对睡眠没有研究，想睡就睡，不想睡就不睡，一切都不会苛求。凌晨三点半上村被昨天与明天拉扯着，从今天开始，珍惜今天。

中年，健康是种天气，不管是雨是晴，只要有好的心情，就全是好天气。

竹子林

我从老家到深圳的第一站，就是竹子林。

我们先是住在一间没有窗户的小旅馆里，空气好像是停滞的，没有风，白天也得开着灯和空调，才会觉得好一些，最起码不会被窒息。中午，竹子林下起了雨，我们出去吃饭，转了好大一圈，才在一家猪脚饭摊前站住，一人来了一份猪脚饭，很油腻，很香，很好吃。我当时并未意识到是因为自己饿了，而人饿了吃什么都好吃，都香。

我们在旅店附近走了半天，逛了超市，菜场，打听了下出租房价格。但并没有见到竹子林。甚至，连竹子的影子都没见着。其实，这也不算什么，不值得我们失望。这世上有许多地方都是徒有虚名，竹子林即便真的没有竹子，也只是少了点竹子而已，于竹子林来说并没什么不同。

再说，竹子林，以前确实是一片竹子林，只不过现在被眼前的高楼大厦替代了而已，也未可知。

晚上，又去吃了猪脚饭，觉得没有中午那么好吃。便想起了某皇帝在落难时吃过的翡翠白玉汤，无非是一些烂菜叶加讨来的剩菜剩饭做的一锅汤。只有这一锅，一旦时过境迁美味便不复存在。

猪脚饭亦然。

也许是因为旅途劳累，我们洗完了澡，便早早睡下了。来不及过多地去想明天的事，便进入了梦乡。

佛说，一切都是最好的安排。也许我们对于未来的担忧始终是杞人忧天而已，于未来并无太多益处，反而徒增悲戚。

因为晚上睡得早，以至于早晨四点多便被鸟鸣声吵醒了，恍惚中好像还在故乡，有竹园，有池塘，有老榆树和高高的鹊巢。

我突然觉得那鸟鸣每一声都是一扇窗户，小旅馆的房间顿时窗户四开，我甚至嗅到了雨中竹叶与四月新笋的味道，还有希望的味道。

而希望的味道特别神奇，就好像把我带到了万顷麦浪边，每一次呼吸，都有新麦的气味沁入心脾。我闭上眼睛，深吸了几口，再缓缓地吐出。那感觉就像母亲在灶膛里填满了柴草，再经烟囱吐出的炊烟，绵长而又淡然。

竹子林是真有竹子的，我走在新雨后的阳光里，在去竹子林地铁站的路上，看到了几小片竹子，但我以为还称不上竹林。但竹子就是这样的，哪怕只要有一株竹子扎下了根，终会有一片竹林的。

自然，竹子林对于我来说是陌生的，又是崭新的。就像明天一样，既简单又复杂，没有我们预计的那么简单，又不像我们想象的那么神秘。在今天与明天之间，总是有许多事物是重复的，又是延续的，就像一篇小说。而我在一日重复一日的荒废的时光里，已越来越失去了耐心。恰好竹子林是一个意外的抵达，给了我新鲜的空气，新鲜的风和想象。犹如想睡觉时，上帝给了我一个枕头。

儿子的宿舍就安排在竹子林，带我们去宿舍的女孩，很漂亮，很清纯。在路上我曾有想过，如果这个女孩能成儿子的女朋友就好了。当然，也仅限于想象而已。我对美好的事物，几乎都会如此，难以控制。

儿子的宿舍有三室一厅，原先住的人有的考上了公务员，有的去了别的住处，一时还没有安排别的人住。于是，我们一家便先在儿子的宿舍落了脚。当然，那时我并不知道在竹子林住这样的宿舍是奢侈的。

找工作并不顺利，去面试了两次，又让写了一些东西。而我在等待的过程中对原本还有点兴趣的编书工作失去了兴趣，只不过怕拂了朋友的好意，而没好意思直接拒绝。好在，别人拒绝了，这让我在释然之余，又觉得很丢面子。但从这件事情上，我似乎对自己有了更多的了解——我始终是个庸俗又懦弱的人，没有多大能耐却又特别自负清高的人，至于这自负与清高里所隐含的自卑，是只有我自己知道的。因为最起码从表面上看起来它是坚硬的，牢不可破的。因为拒绝，或者说与这个世界拢合不了的间隙，注定了我会与许多的工作与机会擦肩而过，也注定了我始终保持了与生俱来的某种善良与纯粹。我不后悔，作为民间的一件瓷器，它不会受到很好的保护，甚至都不会被珍惜。但它和别的昂贵的瓷器本质上并没有太大的区别，一样有着脆弱的一面，也有着坚硬的一面，若被打碎，一样也会很锋利，一样不会去主动伤人。这么啰哩巴唆一大串，我只是想说，我作为人的本质从未被改变过，我始终怀抱着最初的梦想，远方和诗，挣扎着，且苟活着。

竹子林是真有竹林的，那是我在陪老婆去下梅林福田农批市场时发现的，就在竹子林地铁站往西一点的公路边，大约有二十到三十米的狭长竹林，那天刚好有台风经过，那些竹子便使劲地摇晃着向我致意，仿佛在对我说，来了就是深圳人。

在竹子林的公交站、地铁站、建筑工地、公园，几乎到处都能看到论语里的金句，有的甚至还是中英文对照的。有感于深圳这座既年轻又古老的城市，我在竹子林写了组诗《论语里的深圳》，并获得了第一届观音山杯"美丽深圳"诗歌大赛的特等奖。

一万块的奖金，对刚到深圳，还未找到工作的我，无疑是重要的；对坚持了多年的诗歌，无疑是重要的。后来听说这组诗获特等奖，评委们是有争议的。但最后还是给了我这个奖，我想我是幸运的，深圳是我的福地，竹子林是我的福地。

朋友说，《论语里的深圳》这组诗是带有批判性的，但我写这组诗的初衷却只是为了表达我对深圳，对竹子林的一些可以触摸的欢乐和疼痛，也可以说是初到深圳的既熟悉又陌生的生活，无论它是否带有批判性，本质上它还是抒情的，带有美好诗意的。

这组诗或许有点长，但我还是愿意放在这儿，以纪念我在深圳、在竹子林度过的日子。虽然它是略含苦涩的，却也是充满激情与憧憬的，对于我来说，这就够了。

《论语里的深圳（组诗）》/《深圳，一座论语里的城市》/深圳，一座论语里的城市/没有想象中的暴发户脾气/它淳朴，大度，宽容/像大海一样，善于接纳/喜欢把有朋自远方来，不亦乐乎/说成：来了就是深圳人/深圳，不是文化沙漠/而是一本刚刚翻开的新书/在公交站台，在建筑工地/地铁的施工现场/都能读到深圳，论语里的金句/从文言文，到今译，英译/深圳，让世界百读不厌/深圳，一座论语里的城市/改革开放是它的封面/用论语里的思想，阐述/一百年不变的坚定/我们在深圳走来走去/在一本论语里走来走去/内心，穿着春秋战国的长衫

《在深圳，我只有南北》/到深圳一年多了/认识了许多大街小巷/公园，树木，和花草/可就是搞不清东南西北/我时常会站在窗口/看山坡上，被风吹动的草木/它们拼命奔跑的样子/像极了大街上被生存追杀的人/坐着送货的货车/去罗湖口岸，每次都会看见香港的/山坡上，一片低矮的瓦房/有时照着阳光，有时洒着乌云/但它们的朝向始终不变/一律向着深圳/我开始以为那是香港的贫民窟/后来，才知道那是坟场/是死在香港的深圳人/登高，眺望故乡的看台/我不是深圳人，老家在苏北/深圳是南，老家是北/所以在深圳，我只有南北/从不需要分清东西

《想起月亮，真有点奢侈》/每天晚上10点多钟/我几乎都会坐在公交站台的凳子上/等妻子，等着等着就好像在等/自己。灯光下站牌上的地名有些迷离/不像故乡的名字，那么好记/风吹过绿化树时，似乎有淡薄的麦香/把记忆捻成了一缕炊烟/我是故乡的风筝，母亲呵/别忘了时不时地拉拉你手中的棉线/就像树枝，偶尔想起一片漂泊的落叶/在深圳，听到过无数动听的鸟鸣/却从未听见过布谷的，它每年都会把梦叫醒/递给我五月的弯月，被春水磨亮的镰刀/到地里去割麦。露水打湿的裤脚/草汁染过的日子，绿得有些忧郁/麦芒与汗水粘过的皮肤，乡村的人体油画/几千年前就有了。今晚10点多突然有点想家/抬头却不见李白的月

亮/更不要说，能照到床前的月光/就像今年的麦子迟迟不肯灌浆/在深圳，想起月亮真有点奢侈/那就想一杯酒吧，虽然没有李白的酒量/可李白的酒里，兑了一半的月光/比我的乡愁，度数要低

《在三月，深圳还是一个梦》/我们一家三口，像是苏北乡下的孩子/来投奔南方城里的亲戚/扛着大包小包在大街上行走/在深圳，春暖花开的四月/汗流浃背/朋友吩咐接待我们的人/是个中年妇女/瘦且憔悴，她告诉我们朋友让安排的酒店/都客满了。然后领着我们满大街地/找旅馆。许多人用异样的目光/看着我们，就像看着无家可归的难民/后来，实在是走不动了/我们停在路边，想打的/那女人说不用，就快到了/然后，继续领着我们满大街地跑/终于拐七拐八/在一条巷子，找到了一家小旅馆/住了两天，她给了一天房租/我给了一天房租/就算是深圳，终于接纳了我们/在三月，深圳还是一个梦/在四月梦就醒了，就像想象中/一个特令人敬畏的人，见面之后/其实也很淳朴，和蔼/在深圳，我们努力地活着/希望每天都能挣到一份幸福的笑容/寄回故乡，告诉母亲/深圳挺好，深圳有很多的机会/就像天上的彩虹，美且诱人

《罗湖桥》/我站在罗湖桥上/看着天上的云朵，一动不动/感觉脚下有隆隆的震撼/从历史的肺部传来/与春天的山岗对峙/与山坡上寂静的村庄对峙/风吹着山上的草木/有蝴蝶飞过，白色的/像撕碎的条约，在眼前晃悠/签名的人，已被埋进泥土/我得走了，我还是不能与云朵比较/它们想走就走/不想走，就可以不走

《天准备下雨了》/货车在公路上行驶/能看到河对岸，绿色的山脊/和山坡上白色的坟冢/我知道那就是香港/但我不知道山脚下的河/是否就是深圳河/天准备下雨了/让我感觉，天上有一大群

人/端着水盆，准备往下倒/没有闪电，没有雷霆/说明天上秩序并然/最起码没有发生水盆碰撞水盆的事/天暗了下来，是谁关了太阳这盏灯/偌大的天地，好像就是一座将开映的电影院/我看着山上的树，并不曾因为想家/或者悲伤，泪流满面/倒更像是一群干完了活，在澡堂子里/赤裸着身子，淋浴的人/雨终于停了，山脚下的那条河/好像依旧很窄

《在华南物流园》/所谓的物流园/其实，就是一个国家的地理/省与省，城市与城市的聚会/它们像是一群陌生人/在同一个地方出现，进进出出/依旧陌生，依旧学不会彼此的方言/它们的山水与风俗/藏在各自或繁或简的笔画中/我们可以把自己想象成鸟/栖息在时间的枝头，鸣叫嬉戏/然后飞走，绝不会改变物流园任何一个省份的天气/虽然，同一时间内有可能北京正刮着风沙/深圳正在下雨/而四川正在被地震袭击/但物流园，风平浪静/车来车往，依旧奔跑/有时候，一辆车就占了几个省/加几个城市的位置，就像物流园是一棵树/那些城市是一群鸟，当然也可以说是树上的蚂蚁/这只是比喻，你想怎么比都可以/就像我突然觉得/物流园，更像是一盘象棋/那些省呵，城市呵都是棋子/那些匆忙的车辆，就是传说中的车/可以，不管楚河汉界的限制/面对从地图上偷来的一群地名/还给它们公路，原野，与绵延的地平线

《看她挺身而出的肚子，一定就快临盆》/地铁并不很挤/在百鸽笼站，一位高大的孕妇上车后/就坐在我的对面，玩着手机/看她挺身而出的肚子，一定就快临盆/我想，我就是她肚子里的孩子/在五十岁的时候，对母爱仍然满是崇敬/我的脑壳里浮现白色的医院，与产床/就像面对田地，浮现麦子，玉米和挂果的苹果园/十月怀胎，是比土地更细致的孕育/比种子更漫长的期待，

在我出现在这个世界之前/就这样在母亲的子宫里/跟着母亲在田埂上行走，裤脚上沾着清晨的露水与泥泞/在五月弯腰，捧着绿色的秧苗/把它们插在水田的镜子里，插到蛙声里/月亮的梦里，如果是在秋天/我的母亲会弯腰割麦，刨地，拾棉花/在灯光下，一家人的旧衣裳/浆洗，折叠，晾干，做尿布/我是母亲最大的孩子，被风吹动的灯光/摇着母亲初为人母的喜悦，与小小的恐慌/在我难受与兴奋的时候，会拼命地用脚踢母亲/而母亲也会用双手抚着肚子/仿佛在说，轻点轻点，这淘气的孩子/当然，如果临近年关/在小雪这个节气，母亲会站在齐小腿肚的水中，割柴草，用独轮车推着泡在木澡盆中的黄豆/到生产队的磨坊去做豆腐/柴草的火光，映红母亲的脸/映红村庄的一间作坊，像为爱跳动的心脏/在布吉站，那个孕妇下车了/把一个五十岁的婴儿独自丢在车上/我试着踢了踢脚，在尘世/谁还会用双手抚摸我，赐予我一尘不染的母爱

　　写完这组诗的时候，我已有了工作，生活也慢慢有了起色，不再整日为衣食所忧。

　　这时候的竹子林，对我来说就是新生活的开始，我把这种生活命名为漂泊。而竹子林确实是有竹子的，它与故乡的竹子站在一样的天空下，风雨中，阳光里。

　　就如同一个人的漂泊，再远再远，也远不出天地。

　　竹子林的竹子，在竹子林地铁站以西。

　　知道有了这片竹林，晚上我会提前去公交站等老婆下班，顺便沿着竹林散一会儿步。晚上的鸟鸣是稀疏的，疲倦的。它与早上的鸟鸣相比总好像缺了点什么，缺了点什么呢？我想可能是激情吧！

生活是匹野马，我不能驾驭这匹野马，我想不仅是因为没有草原，而是缺乏激情，被岁月与坎坷磨灭的激情。

我一直想不明白，我为什么会来深圳，会来竹子林。是冥冥中的一种注定，还是别有原因。直到前几天看了《我不是药神》这部电影，我才明白，我是在逃离父亲的疾病、死亡，以及被疾病与死亡摧毁的幸福，并不全是因为远方和诗。这些年写了很多怀念父亲的诗，却从没有写过药，写过被药摧毁的生活。我一直以为我是有想法的人，而事实上却是个愚蠢的人，只看到事物的表层，触及不到事物的本质与灵魂的人。或者说我只是因为不敢触及这些痛点，而假装看不见这些痛点的人。从这方面来说，我是可悲的，我对自己的失望是没有错的，是无须自己对自己忏悔的。

记得故乡的郑板桥先生善画竹，其竹瘦，爱露筋骨。与竹子林的竹子相比，更适合在宣纸上。先生的难得糊涂，更是备受后人推崇，或悬于客厅、书房、办公室……但大多数人并不明白其要义，我也不明白。但我以为有一点是肯定的，先生是不会叫我们装糊涂的。

在竹子林只待了两个多月，就去了横岭，但我在深圳六年多的日子都是从竹子林开始的，每一个日子都是从竹子林的根上蹿出的新竹，我想那两千多根的竹子也许足以蔚然成林了吧。

即便十二级台风，也不能把它从我的生命里刮走，竹子林与故乡一样，盘根错节地扎着我的根，我的命。

在竹子林，我时常会学几声鸟鸣，就像打开窗户，一眼就看见了蓝天，白云，看见了天堂。

竹子林是有竹子的，竹子于竹子林来说，就像一个人的筋骨。不管是刮风下雨，还是阳光灿烂，竹子林的竹子，总能宠辱不惊，生得自然而然。

写到这里突然想起了我的语文老师，他每讲一篇课文，都必讲文章的时代背景，或者说写作背景。而我这篇《竹子林》更像是组诗《论语里的深圳》的写作背景。或者，也可以反过来说，《论语里的深圳》交代了《竹子林》的写作背景。

不禁哑然。

闲来无事读一些旧信

　　这是春天的下午，外面的细雨慢条斯理地下着，像是自言自语，或者鸟儿轻轻的呢喃；倘若你不打开窗子，看到院落里潮湿的水泥地，枇杷树洗去了尘土的绿叶，像一只只青蛙捉逮着晶莹的细小的昆虫，水柳树湿润的枝条，仿佛冷不丁就会绽出一棵嫩芽来，你甚至会怀疑这场雨的真实性。

　　闲来无事，整理书籍和一些旧信，突然觉得时光也是可以倒退的，那旧信像是一节节岁月的车厢，放映着那些个既熟悉又陌生的面孔，通过漫长的邮路交往的朋友们。虽然，由于保管不善，有些信件因受过潮已经有些风化变脆，有许多斑驳的黄色水斑。但这并不影响记忆与阅读，模糊的字迹夹杂着依旧醒目的文字，就像是初春的枯草上绽出的点点新绿。只可惜，这些旧信时间最短的怕都有近二十年了。如果是个孩子，也该是个大小伙子了。记得那会和朋友书信往来，总觉得有聊不完的话题。朋友在信上说，坐在飞机上看地上的房子，就像火柴盒。我回信说家里的麦子抽穗了，空气里弥漫着油菜花的香气。后来，我结婚了，朋友寄来了贺卡和祝愿的诗，再后来，朋友来信说女儿取名叫谷子多是希望家里的粮食打得多，年年丰收……再后来，有了电话，有了手机，有了网络，彼此的交流好像突然变得比快餐还要简单，书信交流的功能几乎已经丧失，就像留在旧时光里的落叶，或者，记忆深处快被我们遗忘的一枚书签，偶尔能翻到的怀念。

因为有了朋友们的帮衬，所有的难关都能平安渡过。春节，朋友回家过年，我定了个小饭店，约他喝酒。可他常会因更重要的事不能赴约。想想他上大学那会，每次放假回家，我们都会喝得大醉。记得有一次，我们从镇上喝到县城，喝了白酒，喝红酒，喝了红酒，喝青梅汽酒，喝到吐，吐完了再喝，那是多么美好的事呵。岁月不饶人，现在朋友们都年近半百了，头发稀了，皱纹多了，不是血压高了，就是胃不好了。曾经的激情，就像抽屉里的旧信，早已被封存在少年不知愁滋味的青春年华里了。我们不再会关心月亮的阴晴圆缺，不再会坐在书桌前铺纸给朋友写信，不再诉说途中的风风雨雨，不再询问中学校花信息，甚至对酒杯都开始提高了警惕。只在有事时才会给朋友打个电话问个平安道个好。一是怕朋友忙，二是怕扰了朋友的生活。好在，君子之交淡如水，即使与朋友一年不通一次电话，几年不见一次面，但只要一见面，一说话，就能感觉到那份友情一成没变，比那些书信保存得还好，因为书信是保存在抽屉里的，而友情是保存在朋友心里的。

窗外的细雨还在下着，二月的春风还没剪出一只紫燕来。只有麻雀在邻居的屋檐上跳来蹦去的，明显有些兴奋。柳树上的喜鹊叫了一会儿就飞走了。我怀着感恩的心情，坐在一张木椅上读着一封封旧信，脑海没有来由地跳出了一张笑脸来。他是我朋友的弟弟，会开拖拉机，壮得像条牛。年前还跟他坐在一张桌上喝过喜酒，年后说没就没了。我想起他走的那夜，他的老父亲在空空的打谷场上狼嗥般的哭声，使得冬天的旷野更加地荒凉。"归去，也无风雨也无晴。"时间，充满了我们的身体，然后，又像被病魔戳破的气球，慢慢消失。翻开那些旧信，翻开那些遥远的凡尘俗事，总有一些人，一些记忆会像蚂蚁一样咬噬着心灵，那或疼或痒的感觉，或者就是对生命最好的诵读和诠释。事实上，那些从我们身边逝去的日子，每一个都是一封旧信，装着人生的酸辣苦甜，只是它们不写在纸上，而是写在血液里。然后，像秋天的树叶一样被风雨吹落在脚边，我们可以捡起来读读藏在叶脉里的阳光和雨水，也可以不管不顾地径直向前。因为，只要活着，每一个明天都会是我们新的叶子。

在抽屉的最内面是我参加诗歌培训时，一些老师给我的改稿信和用稿信，我与他们有的见过面有的没有见过面，可一读他们的信，心里就感受到一种真诚和关心，即使是批评也说得婉转，让我倍感温暖，受益颇多。我读着老师在我的诗稿边上写的修改意见，过去这么多年了，好像又读出了新意。甚至会觉得比当初更能理解老师对我的栽培与苦心了。虽然，信上的字迹已经有些褪色，不再那么鲜明，但其中的关爱却好像随着时间的推移，越读越多。还有一些旧信，是我与妻子之间的情书。我和妻子是高中同学，妻子说我写给她的第一封情书火辣辣的太直接了，让她脸红心跳了好几天，才回过神来想给我回信。现在一晃几十年过去了，儿子都到了谈婚论嫁的年龄了，不知妻子还能记得我信上的呓语吗？还会读得脸红耳热吗？还记得张之仪的那一首见证过我们爱情的《卜算子》吗？

我住长江头，君住长江尾。日日思君不见君，共饮长江
水。　　　此水几时休，此恨何时已。只愿君心似我心，定不
负相思意。

　　窗外的雨停了，没有一点预兆。就像它来的时候，没有狂风
闪电雷鸣。春天的雨，润物细无声的雨，落在春天的田地里，就
像是一封写满了字的书信。等蝴蝶贴上邮票，太阳盖上邮戳，交
给紫燕去风雨兼程。窗外的雨停了，停在了一封书信的字里行
间。在物欲横流的信息时代，我们时常会抱怨淡薄的友情、亲
情和爱情，怀念一封旧信的淳朴与温暖。可是却忘了，只要我们
愿意，每一天都是张崭新的信笺，可以接着那些旧信继续往下书
写，就像是给一列火车又加了几节车厢。
　　窗外的雨停了，我整理完那些旧信，似乎有些迷茫，好像把
自己也理进了那些信件中，关进了时光的抽屉里，一时无力自
拔了……

向日葵

　　我对于向日葵的认识是粗陋的，潦草的。它大多来自我童年的记忆，阔大的叶子，大脸盘，犹如心花怒放的笑。它们零星地长在墒渠、河边、田埂、坡地。大片的向日葵在我的记忆里，是从未有过的。麦子、玉米、水稻都比向日葵重要，因为它们是粮食，而向日葵最多可算作是经济作物。在我童年的记忆里，它与梨子、西瓜、桃子这些东西都是小农经济。所以在我记忆里，它是庄稼的附属品，只配作为粮食的配角存在。

　　向日葵的向日，几乎就是一种宿命。

　　犹如写诗对于我是一种宿命。也许，这一生我都会因为写诗被轻视。我所期望的成功，可以写诗养活自己的愿望终难实现。才华在成功之前，就是狗屎，这句话很对，我忘了是谁说的了。但即便如此，我不还得活着，还得笑着面对自己！

　　向日葵它还叫向阳花，小时候，我听得最多的歌，就是关于向日葵的歌——广播里天天播的社员都是向阳花，这符合我身份，农民的儿子。

　　向日葵很好种。

不管你用小锹、菜刀，抑或树棍，随便在地上戳一个洞，丢几粒种子，再用脚使劲一踩盖上土，就妥了。无须浇水，施肥，它都会破土而出，给你一个灿烂的笑。

在夏天躺在向日葵下乘凉，可摘下它的阔大的叶子当蒲扇扇风。它绝不喊疼，也许并不是不疼，只是不喊疼，不让种它的人，被太阳灼伤。

海边风大，一夜暴风雨之后，我发现一棵向日葵被风折断了，耷拉着脑袋，很痛苦的样子，我到树林里找了一根枯树枝，再用茅草绑好，好不容易才帮它把脖子给包扎好，把脑袋给支撑了起来。

又隔了一个星期，我去看它，它竟奇迹般地复活了。黄花灿然，每一粒种子都顶着一颗蜂巢似的帽子。最令我惊叹的，它的伤口处又抽出了几朵小葵花，纯真而又喜悦地笑着，让人欣喜。像是劫后余生的人，盈满了对生命的敬畏和热爱。那种纯真，也许只有幼儿园的孩子才会有，令人终生难忘。

母亲说，那些小葵花是长不出果实的。我不信。

向日葵的一生很短暂，春天种，夏天收。当然，也有秋天收的。

八月，母亲用镰刀割下了它们，堆在打谷场。有空的时候，就用木棍敲打它们，直到它们吐出所有的葵花子，然后晒干，收入袋中。等快过年时，农场的知青会拿粮票来换，拿钱来买，带回上海过春节。

收获葵花子的过程，有点像读书识字。把字一颗一颗从字典里取出来，装进自己的脑袋。

这样想来，我的脑袋一定也是一棵向日葵，我写诗的过程，便是收获的过程。只要快乐，收获多少，反而不重要了。

昨晚看《向往的生活》，蘑菇屋里的人，从树下捡回了一个新客人——一只从树洞里掉下的猫头鹰幼仔，他们打电话给林业局，寻求帮助。林业局的工作人员让蘑菇屋的人，先给小家伙喂了点奶，小家伙可能饿坏了，一喝就是一大口。

林业局的人很快就来了，帮猫头鹰找到了妈妈，把它放回了树洞。他们说，这是最好的结果。

我一直记得猫头鹰盯着喂它奶的妹妹的眼神，有依恋，有感恩。它似乎想要告诉我，动物都是通人性的。也可以说，动物都是有灵性的，你对我好，我便会对你好。

而我以为人性也好，灵性也罢！第一要素便是善良。做一只善良的鸟，做一个善良的人……这或许便是人性和灵性的根本。

水贝公园就在我家附近，有红的鸡蛋花，白的鸡蛋花，黄的鸡蛋花，以前我常去。这次从老家回来，一直说要去水贝公园遛弯，透透新鲜空气，可一直也没去成。不知何故？

就如同有朋友，约了好多次酒，我也答应了，可最后还是失约了。我也不明白，为什么？或者是年龄大了，对于应酬潜意识里有一种本能的拒绝吧。

凡事亦然。

五月的某个黄昏从茅洲河边回来，路过水贝公园，就不由自主地进了公园。好大一片向日葵呵！我大叫了一声。

这片向日葵大约有三分地的样子，向日葵长得都一般高，一样的笑脸，它们的脸盘并不大，很自然地朝向太阳。

它们与家乡高高大大的向日葵不是一个品种。家乡的向日葵更多的是为了果实。水贝公园的向日葵更多的是为了观赏。

梵高的向日葵，与家乡的向日葵，和水贝公园的向日葵也不尽相同。梵高的向日葵呈现了向日葵的灵魂，草木，人，万物的灵性。所以，梵高的向日葵是至高的艺术。

　　又过了两月，水贝公园的向日葵已被割掉了。这世上有许多美好的事情，给我的惊喜，更像是一个意外。

　　水贝公园向日葵的出现是一个意外，消失也是个意外。虽心有怅然，但美好就像阳光，总能让我的心灿烂起来。

　　我一直觉得我的内心也有一棵向日葵，不管生活有多么艰辛，它都能不动声色地转向快乐的一边。

余生还能干些什么

凌晨出去遛狗，总觉得灯光少了一些温暖，多了一些秋意，就像在橘黄色的颜料中加了些淡淡的白，是北方霜的漠然，还是雪的光亮，我并不确定。广场上巨大的榕树藏起了鸟与鸟鸣，它庞大的树冠，没有人能把它惊动。秋天的风，在南方吹着还是挺惬意的，有一种空调与风扇都无法企及的凉爽。自然风，与有机奶，有机蔬菜，矿泉水什么的，都是自然生成的东西，前者免费，后者金贵。

这世间，自然与人造的关系，就犹如鲜花与塑料花的关系。鲜花是有呼吸的，活生生的；塑料花是死的，是一种抄袭，就像石膏模特抄袭了人，都只抄袭了形体，外在的东西，根本抄袭不了呼吸，活色生香的内心。

仰头看了下天空，蓝且深邃，并且似乎比平日高了许多。星星很稀，月亮似乎已隐入了楼群，像黄昏时的鸽子。我一直在想鸽哨是鸽子的歌唱，还是翅声。我更愿意相信是一种合二为一的表达，凡是美好的事物，我都想把它们掺和到一起。就像把水和面揉到一起，作为充饥的食粮。

天就要亮了。从上村走到河边，正好见证了黎明战胜黑夜的全过程。早晨六点，路灯灭了，时间好像暂停了一下。

　　沿着茅洲河向西走，走走停停，水面越来越宽。芦苇挡住了部分流水，不然，还会更宽。一只白鹭贴着河面飞行，旁若无人，飞成了一条直线。朝阳灿烂，并不晒人。河边的路牌上写着茅洲河会在东莞汇入珠江。每次出发，都想去看看珠江，每次都没去成。人过中年对终点，愈发敏感。

　　太阳下，桂圆满树的果实，从黑夜的包裹里抖落了出来，像一个人突然惊醒的记忆和余生的喟叹。我不是第一次被触动，也不是最后一次被安慰。某个瞬间，神给了我一个曲子，我填上歌词，哼唱着，像得到了启示与神谕——天空、云朵、草木、鸟鸣……这些都是人间的景色。不管是记住和忘记，它们一定都还在。一个人快乐与痛苦，幸福与孤单，都是草木，无论守住与离开，它们都还是人间的景色。菩萨保佑，一切都好。天空，云朵，一个人都是草木。菩萨保佑，都好……有时候，神谕更像是经书与咒语，我在它的旋律与泡沫中飞行，不说抵达，只用顿号与逗号，一句话只能用一个句号。

　　今天的白云缓缓地移动，像一个人躲在地球仪里，轻轻地擦拭着蓝色的玻璃。我和一架飞机也在里面，工地的降尘水管总是飞着小雨，一个年轻的母亲推着婴儿，在林荫道上来回地走，生怕被太阳晒伤。秋日的草木依然葱茏，连着高楼的阳台。它们用绿叶的小手遮着眼睛眺望，连太阳也逃不脱人间的世态炎凉。

　　音乐、诗歌、失眠，都没有错过。在故乡暗夜星空包围着我，梦和理想还那么年轻。每一节枝丫都在朝着远方伸展，一只沉睡的鸟醒来，地球又转了一圈。我还在原地，所有的参照物都在原地。城市已被灯光污染，想念暗夜星空，想念一只白鹭飞过的河流，没有欢鸣，也没有悲伤，时光把许多事情都藏在心底。早晚，我们都是银河里的星星，像爱情一般坚守，彼此照耀，让每一个看星星的人，都能在银河里找到自己。暗夜星空下，有故乡和油菜花，有芦苇荡与鱼塘，有刈草的人和运草的拖拉机……天越黑星星就越亮。

在茅洲河边，我不止一次等过日出，等过一个人。内心的灯盏，也不止一次被希望与期待点亮。我们不说失望与落寞，它们越肥沃，快乐就越茂盛，随便划拉一下就能把秋天点燃。

快乐就是一盒火柴，一年有三百六十五支，天空蓝色的磷纸，有时一下就能点着，有时无数下也不一定能点着。不是磷纸湿了，就是火柴头湿了，这都是一个人的日常，一盒火柴的日常，抑或也是人生的日常，就如同道路的坎坷与平坦，每个人都要经历一段。天空辽阔，云层厚重，可太阳只微微一笑，整个人间就亮了。

太阳包裹着快乐，它从大海里浮现，也还是热情饱满，一点就着。

河水平静地流着，一刻都不停息，就像时间，它的时针，分针与秒针，一刻也不会白转。时针教会我耐心，分针教会我守时，秒针教会我珍惜。

这几日身体不爽，没有写诗，有点江郎才尽的预兆。儿子说，要不写点情诗吧。我说好。心里却怀疑，一口枯井还能挖得出水？十多年前父亲病重，同学说要不给找个美女陪护，或许，是个良方。我说，想啥呢！只不过现在觉得那也不算是对父亲的不敬，大逆不道。

风与风车草在河边嬉戏，高粱泡在酿酒，鬼针草像孩子，又不知在想啥鬼主意。有一只硕大的黑蝴蝶，轻盈地飞着，好像一封来自古代的信，那信封上的金边与火漆没有一点要解密的意思，我的目光跟着它飞了好久，直到它消失在远处，也没有读到半句问候与墨色。

　　这一刻，天空与云朵都很安静，河流虚位以待。飞鸟掠过的美好像石头很轻地沉入水底，如同爱和爱生出的仇恨。插秧的人，自以为能在时间里逆行。选择一个晴天说，故乡你好吗？记忆的矢车菊，还是那种透彻的蓝，比天空略深。仿佛河流刚接受了一场雨。闪电与雷声的每一次邂逅，都会有羽毛被淋湿又被焐热。两棵相距遥远的树上，两只鸟几乎同时将头埋进了怀里，听见有人叫着自己的名字，想着是应还是不应？

　　一棵树结满了桂圆，另一棵树结满了红枣。阳光里鸟的叫声，被雨水洗出了草木的味道，茅洲河的味道，故乡的味道，还有风和阳光的味道。麦子与油菜早已经收割。水田的晚稻沉甸甸，小白鹭已成了大白鹭，农历里被人们怀念过的五月，粽子、龙舟已成了流水的倒影。汨罗江里的屈原，跳江时被风吹起的长衫，早已被揉成了水的涟漪。离骚我还记得一句，路漫漫其修远兮，吾将上下而求索。天地只有一个，生死只有一次，如若不到绝望，屈原又岂会跳江自杀。死了千年还有人怀念的人，屈原算一个。月亮每月有缺，就如同投多少粽子，也医不好汨罗江一个人留下的伤口。

　　茅洲河禁止游泳，但不禁止想象游泳。选一个面平行于另一个面，背、土地、水都很平坦，仰泳是最省力，也是最考验平衡力的。如果能在沉没时，蹬几脚就能找到平衡，就是会仰泳的人。仰泳就是放弃了别的泳姿，只与蓝天、白云、阳光面对面，心无杂念，使出所有的浮力，悠然而行，甚至可以想象两岸，就是赤身仰泳的人脱下的人间。

一个到过草原的人，心草原一样没有沟壑。柔软、坚韧、善良，从脚下绿到天边，像骑了快马，踏着雷声，挥着闪电。风雨越大，越是拼命疯长；太阳越大，越是要绿出波浪，从嫩草到干草，喂过牛羊、马匹，也喂过蝴蝶、云霞。一个到过草原的人，在草原上，看日出日落，被草蚊子叮过，踩过牛粪，赏过野花，马奶酒，敬过天地，也敬过英雄。围着篝火跳舞，呼和诺尔湖，湖水平静，牛羊、马匹在此饮水，蒙古包在此饮水。草原匍伏在湖边，像虔诚的孩子，在此饮水。我，一个到过草原的人，心草儿一样干净，只为来年再回草原时，不管是作为嫩草，还是干草，都不会被牛羊马匹嫌弃。

草原，茅洲河与故乡，这些年我已用脚印将它们连成了一片。人生的版图，脚印就是一支笔，走到哪写到哪，也许只为了少些遗憾。

一年二十四个节气，每个节气，都是一关。有些人轻松过了，有些人卡了。世界很美，不说再见。今年的麦子籽粒饱满，磨出的白面可吃到大雪、冬至、小寒、大寒，再到立春。时间不会青黄不接，万物负责生死，时间负责掩埋。二十四个节气，回环往复。每一关都有人过，都有人说再见，每一关都有生死。

在农历里，人与庄稼玩的都是这一款游戏。

走累了，我会坐河边听歌，把狗搂在怀里一起听。有时听一首歌，是一种沦陷。整个上午我反复地听着《山楂树》，多少年过去了，白花还在满树开放，我一直想要找个比喻形容一下我，理想、青春、初恋，和这首歌。可我只在榕树下看到了一只蚂蚁和一颗糖；又一只蚂蚁和一颗糖；第三只蚂蚁和一颗糖……

在河边我写了一首诗给父亲。

走了，就杳无音信/我在春天等他/又好像是在等别人/一个人的怀念/有时说了，以为就好了/谁知会越说越多/犹如，山谷的回声//雨一直下一直下/花开，花落/时间多长呵，超过了生死/走了，就杳无音信/我在所有的季节等他/仿佛他也在等我/这个世界越来越不干净了/我心底的梦，和善良/反而越来越干净了//走了，就杳无音信/我在春天等他/也在夏天等他，秋天等他/冬天等他，犹如等我自己/彩虹再美只是瞬息/枫叶再红只为告别/一场雪，要落在多高的山顶/才能终年不化//一个人怀念一个人/到最后就如同怀念自己/一个人的怀念/有时说了，以为就好了/谁知会越说越多/犹如，山谷的回声

如果人也有色谱，我想我是灰色的，也曾想改成白色、红色、蓝色……可结果，还是灰色。灰色是底色，其他颜色改了也没用，抵不住风雨，也抵不住时间，灰色随时都会出现。躺平就躺平吧，比绝望的活要好，比不甘的死要好，比人不人鬼不鬼的要好。灰色就灰色吧，比什么色都没有要好。不想笑，就不笑，比装笑要好，比哭要好。

灰色不代表颓废，只代表一种颜色，一个小我。当过了五十岁，我就想到了余生这个词。它的凄美让人觉得人的一生就如同一支铅笔，不管干了什么，或者，什么都没干。当写下余生这个词时，这支铅笔就已有点握不住了，只能用大拇指食指与中指捏紧，捂在掌心里写字了。余生这个词凄美，而死亡才会令人更加羞愧。

余生还能干些什么？

这些年又老了许多，会莫名地梦见昨日邂逅的人，活着的人，与死去的人。就像独自走在荒凉的旷野遇见的树木与花草，不知道知名和不知名的它们，会带给我什么？草木愈深愈要停下仰望一会儿天空，看到偏西的太阳，有点恐慌实属正常。同是天涯沦落人，明天可以预见的与不可预见的，都会如期而至。四季，只是时间的侧脸，有惊喜，也有沧桑。这些年又老了许多，明天还会更老，这是可以预见的。而我更期待不可预见的自己，余生除了写诗，还能干些什么？

余生还有许多美好等着我们，譬如捉一朵阳光，栽一片树林，养一群鸽子……

雨天就得想点晴天的事

今天是明天的历史，昨天是今天的历史。这样说来，历史似乎只有三天。三天就够了，足够装下人的一生。

三只大行李箱，有时候拎得动，有时候拎不动。大多数人都喜欢明天这只大箱子，以为它会比昨天、今天更大，其实错了，这三个箱子都一般大，都是24升的容量。只是昨天与今天装的东西是已知的，俗称历史，明天装的东西是未知的，称之为未来。只是时间一久，历史也会左右摇晃，有了不确定的因素，想与明天同化，至少是接近。

宇宙很大，我偶尔会从低矮的丛林中抬起头，想起这个词，总觉得它是比我们平时所说的这个世界大十倍一万倍的词。也可能是一般大。

我生活的这个世界的外面，至少还有一个世界。

这个宇宙的外面，至少还有一个宇宙。

时间无限大，再大也只有三天。过完了这三天，就是一生，好在明天是无限的，它的无限成了我苟活的理由，想活一百岁的理由。所有的欲望本身都是美好的，与理想、诗与远方是同义词，也可以是近义词。最糟的一部分，最不堪的一部分，我并不肯定在哪个行李箱里。

有时候，人生就像是蔬菜大棚，没有欲望，就像没有支架，是弄不成的。即便弄成了也经不起风吹雨打，会瞬间塌陷。

我的父亲就是种大棚的。我们时常坐在田埂上抽烟，东聊一句西聊一句。但从未聊过生死。我与父亲或许都认为生死是不适合聊的，是天机。即便要聊，也不适合父子之间聊，就算聊也聊不出一个确切的答案。

坐在田埂上，麦浪涌过来，又退回去，只有阳光，没有雨。一只麻雀在楝树上歌唱，都是一些赞美的短句。

风捎来了初夏的来信，又捎走了春天的回信，一个孩子对于恋爱充满好奇。凡人与仙女，蝴蝶与蝴蝶的故事，在打谷场的年代演了再演。中国是名词，群乐村也是名词。一大一小，一个是祖国一个是故乡。

苏北平原，纵横交错的河汊，像血脉，也像一张网。血脉看似是另一张网，我从网里跳出来，像一条比网眼更小的鱼，坐着火车到了深圳。

海，是每一条鱼的渴望。

我的悲哀，与一条淡水鱼的悲哀一模一样。蓝色的大海，是谁兴风作浪的水晶棺。

我属龙却没见过龙。是十二生肖中唯一一个不能与自己相遇的生肖。

我寻找我自己。然后，掏出一支烟……田野的花儿涌了上来，都争着要点火。在乡下，一点点的美好都会像庄稼一样生长，像庄稼一样，铺天盖地。

在乡下写一首诗，就像种一株麦子。我坚持要把我的一亩三分地都种上麦子，不给生命留半点荒凉。从冬天到春天，一群大雁来了又飞走了，东南风吹呵吹呵，麦子返青，拔节，由绿变黄。但我觉得这些都还远远不够。我还要风能吹出内心的波浪，吹出那些刺痛季节的麦芒。

亲爱的，我们手拉手穿过麦地，晚霞，在燃烧。天边，麦浪拍打的海岸我们走过去，越走越远。许多年后，麦子也许已被遗忘，我们也跟着下落不明。

在乡下写一首诗，就像种一株麦子。我们在麦地里跑呵跑呵，已不知哪株是诗，哪株是自己……东南风吹呵吹呵，一群大雁来了又飞走了，麦浪越来越大。你说，只要活着就要写更多的诗，种更多的麦子。一下一下，让麦浪把天边拍疼，像雷声、闪电和一场大雨。如果有一天疯了，像乌云在天空狂奔乱撞，请别害怕，我也只是想把这一生忍了几十年的雨快点落下……

亲爱的，今夜我在南方给北方写信，不知道要写些什么。乡愁已被南方的烈日晒干，很轻。我不想再唠叨，于是又想起了你。在南方的龙眼树下，你灰褐色的羽毛是我童年住过的茅草屋，野菠菜、苦粒丁、蒲公英、野鸡尾巴……都长在你的四周。我割了它们喂猪。五月收了麦子，八月就要准备收稻子与棉花了。亲爱的，麻雀越聚越多叽叽喳喳的，像村里又多了几所小学，它们上课，它们放学，它们在田野嬉戏。亲爱的，请告诉我，内向而又沉默的我，还在吗？

我的茅草屋变成了瓦房，你飞进房间，就飞不出去了。我捉住你，又放了你，我的初恋，在故乡啁啾，是有了疼痛和哀伤了。

亲爱的，我的父亲已在六月的田埂上走失，田野的烟草味变淡了。母亲，在妹妹家的打谷场上晒太阳，已老得不敢认了。亲爱的，如果我回去，就在你的翅下睡一晚吧。要是天气晴朗，就一起看一会儿星星，拜访一下牛郎织女和村里的老槐树。亲爱的，今夜我又想起了你，想起了儿时，灰褐色的羽毛。我住过的茅草屋，还会出现在四月开花的村庄，出现在我的梦中。我还会像一条小河，围着它歌唱，也会像屋后的池塘怀抱着它。

亲爱的麻雀，今夜，你就是来看我的故乡，我伸出手，摸到了风摸到了故乡凉凉的脸庞，露水的忧伤，多么干净，可以直接喝下。

我突然安静了下来，不是我想安静，只是被一种巨大的虚无笼罩着，胁迫着，我不想说话。

这个世界是有序的，也是无序的。1978年卫星摄下的蓝色地球，2021年已变得枯黄。我必须警惕昨天爱过的女人憔悴的脸，我要加倍地爱她，不让自己后悔。

大海将被氚和核污水控制，还有无穷无尽的塑料。我前年服下的名叫碳十四的小药丸，现在到了哪里？据说一千年也不会降解。黄海的水，东海的水，南海的水，太平洋、大西洋、印度洋、北冰洋的水……会变成什么颜色。垃圾山在拉帮结伙，一路打劫而来。南极的冰雪在融化，北极的冰雪在融化。我听到了鱼，北极熊和企鹅的哭泣。我突然安静了下来，生命的无力与虚弱，多么可怕，我不想说话。

窗外的龙眼树上所有的花，都要变成果实。树枝与秋天解绑的喜悦早已无关，期待，失去了时间的内核。树冠上的鸟鸣，有一声没一声的，像背后皮肤上的疙瘩，痒，又挠不着，这种绝望，已不是第一次，也不是最后一次。我突然安静了下来，不是我想安静，只是被一种巨大的虚无，笼罩着，胁迫着，挣扎已没有意义，喊救命更没有意义。狼已把我叼在了嘴里，只有闭上眼睛，选择一些乡村的短句子，选择化身为另一头狼。

这世上总有写诗的，觉得自己的诗是天下最好的。有时候，我也会跟着狂妄地想。可想几次，就被打几次脸。好诗是天上的星星，大多数写诗的人都只有看的份。这是梦中悟出的道理，像是自己给自己的警示。座右铭，只不过除了皮肤，我还没有地方镌刻。

下午，突然下起了小雨。公园里的人，各自散去，他们并不惊慌，也不奔跑。甚至像庄稼一样迎合着这场雨。

河边，修剪过的鸡蛋花又绽出了花苞，红白两色，煞是好看。风雨再大，它们也不会跑。它们的根像一副手铐，与大地铐在一起，谁是警察？谁是小偷？没有结论，也无须结论。雨，似乎大了起来，我一阵小跑到了家，却已被雨淋湿了。

我站在窗口，看着那些跑不了的房子与树，它们也有好久没洗澡了。天空像个巨大的花洒，雨越大，明天就会越干净。

蝴蝶剪下翅膀，与落花一起撒入河中。春天，会疼吗？逆流而上的鱼回到童年，左右眼轮换着，河流的万花筒多么神奇。所有的春天，都深陷其中。

我是鱼。一口一口地呼吸着水中的氧气，阳光。与水草相亲，万盏猩红的水草灯，万花筒中的星空，你看一眼，我看一眼。时光，还能飞多远，即便彻夜不眠，又能如何？

我剪下了翅膀换上双臂，只为了拥抱人间一次，放弃了飞。

地球的边缘，捡起蝴蝶的翅膀，夹进日子，这一生不厚不薄，刚好，够看完。

地铁里，窗外的房子、树木、花草、河流都在飞。阳光照亮了它们，它们平静地出现，又平静地消失。眼睛的饕餮，始终填补不了内心的空洞。不管世界如何诡异，作为旁观者，我只看不说。

黎明伸出了手，但并不能阻止什么。

那个中年的清洁工又带着他的女人一起干活。女人看起来很年轻，受着男人的吆喝，唯唯诺诺，似乎有点智障。好在幸福，只是一种感觉，都是无实物演出。好在那个清洁工与他的女人，也并没有那么不堪，我见过他们的笑，不止一次，也没有很多次。

我第一次挤火车，从徐州站到了天津，换了台车，又站到了哈尔滨。虽然觉得很累，可还是坚持到了终点。后来，也坐过卧铺、高铁、飞机，觉得也没什么两样，反正，都是去一个地方。高楼大厦与农民房，站票与卧铺，经济舱与商务舱也都一样。不是吃不到葡萄说葡萄酸。我只是说终点都一样，所以先下车，后下车就都一样。

这个春天，没有什么好送别的，与以往的春天一样，都是花草自己与自己拉扯。阳光笑吟吟的，今天河流流的已不是昨天的水，大海是一群先行的蓝色墓地，只有风暴来临时，才会捧出悼念的白花。

歌者的咏叹，犹如庸俗的叹息，来得太快，时间都来不及细嚼。每一天，都有一个我被我送别，心已不会疼痛，也不想以麻木形容。飞机飞得越高，就会越小。与背影一样，只是换了个位置，一切就都已改变。

蓝天与白云，像刚出窑的青花瓷。历史、茶，时光的铺垫，藏起了锋利与疼痛，只有打碎了，才会割破手指。这庞大的春天，善良与宽容，像是伟大的釉，抬手摸了摸，有阳光的地方总会更亮一些，会有蓝白的花草。只要在光阴里对好角度，才会看到指纹。有证据总是好事，无论是美好还是罪恶。

　　春雷响起，开场锣鼓加上闪电的重锤，蓝花瓷裂开，酒与泪水都嫌轻薄。我看见了河流与花朵，还有干净的水。花不止向日葵一种，也不止蒲公英一种……母亲教导，不能干坏事，会被雷打。所以，每次响雷我都会紧张，生怕干了坏事，并不自知。青花瓷，蜡染的村庄、头巾、围裙、床单与被褥，时间的齿轮转动，繁花过后，会留下果实与飞鸟，会留下爱情与孩子。

　　我热爱青花瓷的天空，一件古董，还这么新，我还这么新，谁都没有要老的意思。

　　故乡的桃花开了，很想回去看看，但有点远。这种远不是以公里计算的，而是以人民币计算的。无论是大巴、火车、高铁或者飞机，都是以人民币计算的。交道工具不同，所需的人民币也不同，所需的时间也不同。有人与故乡的距离，也许真是以公里计算的。我与故乡的距离，是以人民币计算的。我相信这世上，以人民币计算与故乡距离的，绝不止我一个。生活不易，有时候妹妹会偷偷地塞一卷可以捏出汗水的人民币在我手心……我与故乡的距离一下子，就被拉没了。这些年每隔两三年，回一次故乡，钱攒得多了，故乡似乎也没那么远了。

　　春天的露水早已干透，白蝴蝶的一只、两只、三只，飞飞停停，越数越多。树木下村庄的房子已有点古老。鸟巢却是新的，麦子也是新的。故乡的油菜花开了，油菜花里踏青的人，有的还会回来，有的就真的走远了。快乐与忧伤，就像白天与夜晚，总喜欢把这个春天一分为二，清清楚楚，我们不说话，鸟鸣也没有一点杂音。

我必须承认，自己是个犹豫的人怕死的人，有时候我会沮丧地说，活着一点意义也没有。更多的时候，却双手合十，在心里暗暗祈求菩萨保佑，能活一百岁。这半个多世纪我除了写了点诗，几乎就没干成一件事。写诗也没成，却总是在不经意间想起一些人，又想起他们已死了。当这样的不经意，越来越多，我害怕会寡不敌众。

有时，我想这也没什么，每个人都有这天。有时，又会想是不是自己离终点近了的缘故。我必须承认自己是个犹豫的人，一边热爱着这个世界，一边装出一副不在乎的样子。有时在书城，随手拿起一本书，突然想起作者已死了好多年，所以，不管写什么——诗，散文，小说，或者别的什么，都不能长生不老，永恒。做一个犹豫且怕死的人，也没有什么不好的。果断，其实也是犹豫的一部分。

我时常会拷问自己，犹豫等不等于背叛，答案是否定的。犹豫只针对不确定的人和事，而对于热爱过的人与事我从不犹豫，更不会背叛。

最近这些日子，我发觉自己越来越懒了，写诗，却很少投稿。偶尔也会写点散文，随笔，最后，还是回到诗上。友问，为什么不写长篇？我说，我写不了长篇，所以，特敬佩写长篇的人，我连看一部长篇都觉费劲，累，何况是写！只有写诗，才不觉得累，一首诗，十分钟就能写完，也可弄上几个小时，个把月。但怎么弄都弄不出一个长篇的字数。

懒，总是有原因的。有生理的，也有情绪的。写诗越写越短，越写越少，其实也不是坏事。可以有更多的时间，干些别的事。何况我写诗也并没想成为诗人，更没想过能挣钱，只是自娱自乐而已。但如果诗人，就是个写诗的人，不谦虚地说，我早就是了。

这一生总得咏叹点什么。可仔细想想也没有什么好咏叹的。疫情之下，十月就要待岗了，开始有点丧，可仔细想想也没什么，生活不管有多难，挺一下就过去了。谁的人生不是这样一下一下挺过来的。

雨下大了，我在屋檐下避雨，看见杧果树下摔烂的杧果，心想，它们也会疼吧？像跳楼的人一生就飞了那么一秒。有时候，根在一个地方扎得太深，遇到危险，想跑都跑不了。

风吹过来，杧果树抖了抖肩说，NO，你错了。雨天，不还得想点晴天的事吗？不然雨停了，以为还在雨里。这次疫情已困了我们很久，晴天去凤凰山看许愿树，听溪水声和鸟鸣，极目远眺，半个人间尽收眼底；又去了茅洲河看流水，去明和塔听禅，仰望蓝天与白云，美好会把心中的杂念腾空，就像收拾打扫过的屋子，满心舒畅……

雨天，也许就得想点晴天的事，不然，天晴了，被生活追赶着，没时间想……

楝树姓苦，不苦

　　楝树，一般都长在河边，姓苦，临水而居。树皮是深褐色的，树叶有些像眼睛的形状，细小单眼皮，风一吹，栖息的鸟，以及鸟鸣就都在它的眼睛里。五月楝树开花，空气中便有一种既淡薄，又好似浓烈的花香。她紫色的花朵，间杂着一些雪花似的白，站在乡村的河边，不思声张地梳妆。没有见过在楝树上采蜜的蜜蜂，或者楝树的内心太苦了，它的花也是苦的，只不过是那种被花香掩饰起来的苦。像是那些有苦不说苦，总是笑容可掬的女人。楝树的花期是繁密的诉说，但又是怯怯地，区别于唠叨，更接近于爱的自言自语。与泡桐花小喇叭似的喧哗和口无遮拦相比，楝树是内敛的、温情的，朴素到心含羞涩的，甚至于是让人熟视无睹的。

　　在五月，人们更多地记住的不是楝树花，而是槐树花，因为它能酿出苏北最好的蜜。但槐树却是多刺的，与槐树相处，是要小心翼翼地。我更喜欢邻居大姐似的楝树，可以随性地相处。

　　楝树的果子起初是绿色的，因为苦，没人采摘。秋天，树叶都被秋风扫没了，比秋叶还黄的楝树果子还灿烂在楝树上。那些比麻雀大得多的喜鹊、灰喜鹊，还有白头翁、三翎子就把楝树果子当作了过冬的粮食。每当早晨，或者黄昏，那些鸟就栖在楝树上，叽叽喳喳地交谈着，然后嘴一伸就啄下一粒楝树果子，一仰脖就到了胃里。这或者就是我曾经以为的不劳而获的生活。可鸟除了觅食，就是歌唱，鸟就干的这活，就是这命。我对鸟的误解早已不复存在。

楝树果子虽苦，却是可以酿酒的，在上小学的时候，我就打过很多的树果子，卖给乡供销社。听大人说楝树果子酿的酒很苦很涩，可大人们为什么还要喝呢？我是没有喝过楝树果子酒的，所以，对苦的理解似乎总是肤浅的，似是而非的。

生活的压力，都有父母顶着。尤其是父亲作为家里顶梁柱，他需要苦楝果酿的酒，虽苦，却也是含有酒精和烈度的，是可以麻醉生活渗入体内的烦躁和疼痛的。它不属于舌尖上的美味，而是命里的药。有助于睡觉，有助于第二天恢复体力，挺直腰杆。

我只是用楝树果子换过小人书，让同学羡慕不已。所以，楝树给我的记忆是美好的，有楝树相伴的岁月是美好的。

楝树的材质不松不紧，白里透红，有点像皮肤好的女人。记得姐姐出嫁前那个冬天，父亲把家里的楝树与槐树都砍了，放到河里沤，一直沤到第二年的夏天，才把树从河里拖上来，用砖头搁着，好沥干树的水分。据说只有这样，剖开的板才会平整，做成的家具才不会变形走样，更不怕蛀。

而事实上楝树是不会蛀的，而槐树不管怎么沤，时间长了还是会蛀。我想或者就是因为楝树是苦的，而槐树是藏过蜜的吧。

农历十月，父亲往家里请了一帮木匠给姐姐打嫁妆，什么三门橱、五斗橱、办公桌、八仙桌、梳妆台、椅子、凳子的应有尽有。我记得最深的，是父亲给我打的花板床，那花板是楝树板做的，木匠使的锯子，是一根钢丝，但是是有锯齿的钢丝。先锯出大体的图案，然后，再用刻刀刻。几天下来，什么喜鹊登枝，狮子滚绣球呵，搞得栩栩如生。那些时光多好呵，因为要招待木匠，几乎中午和晚上都有鱼有肉，肉是自家宰了猪，鱼是父亲穿了拖拉机内胎做的皮袄下河摸的。

事实上，那张花板床并没有成了我结婚的婚床，我嫌它土。现在想来，我才是最土的。现在即便在乡下，也很少打家具了。都到家私店一套一套地买。我的浅薄随着时间的推移，我自己都有点记不得了。

只是楝树越长越高，越长越茂盛，真成了鸟儿们的天堂。

楝树姓苦，不苦，因为楝树从不把内心的苦说出口。就像父母含辛茹苦地把我养大，从没叫过一声苦一样。楝树表达的朴素，内敛，不事声张的爱，或者正是这个物欲横流的时代所缺失的。

父亲走了，母亲还在。

世上大的悲哀或者就是子欲养而亲不待，比这更大的悲哀则是亲还在，子欲养还是没钱。这是我对自己的调侃，也是人生的无奈和努力的理由。

好几年没回老家了，可想而知苦楝树一定长高了许多。在故乡有一句说孩子的老话，只愁不生，不怕不长。我想这句话也适合苦楝树，适合这世上所有艰辛而又快乐的生命。

只要努力，总会向上生长。

苏北，向日葵的平原

在苏北平原！向日葵在生长！在开花！在结籽！

一下用了四个惊叹号，我自己也被吓了一跳。可我并不想修改，它适合苏北平原的向日葵，适合我内心的感动。

向日葵围着田埂沟渠生长，它们金色的笑逐颜开的样子，幸福而又满足。它们团结友爱，在阳光灿烂的日子里，它们就是一群手拉着手，围着跳舞的孩子。

在苏北平原！庄稼是无拘无束，健康向上的。或者就是因为有向日葵，日夜守护在四周。向日葵作为庄稼，或者被我称作庄稼，只是我的习惯，但愿不会构成对向日葵的亵渎和伤害。

向日葵在苏北平原更为原始荒寂的滩涂生长，它们并不一定对太阳低眉顺眼。它们甚至是零星地散落在芦苇与水泽之间，但它们的向往，火焰似的笑容还是有着巨大召唤力的。像是一种歌唱，穿透时间的空旷，让土地拥有坚实的信心和希望。向日葵围着太阳转的传说，在苏北平原是真实的，有时又是被向日葵做了局部更改的。这是向日葵内心对土地的热爱与感恩。

向日葵，母亲总是称它们为葵花，我想这是更为理想化的一种称谓，因为向日葵开花的时候才是最美的，最能感染人的。就像母亲的笑，总能压住岁月的沧桑。

在苏北平原，向日葵是最欣欣向荣的花朵，向日葵又是籽粒饱满的庄稼。我们在除草时它是庄稼，我们在驻足欣赏时，它是花朵。我喜欢向日葵，它们既能满足对美的追求，又能满足对收获的渴望。

狂风暴雨时，向日葵总是以其阔大葱郁的叶子，配合着抓紧泥土的根须，尽量保持住站立的姿态。有时候，我甚至会产生错觉，以为闪电，是天空这条裤衩因惊慌而撕开的裂缝。但雨过天晴时，还是有被齐脖子折了头的向日葵，它们捍卫了什么：内心的阳光和自信。

在苏北平原，我遇见唯美的向日葵，我遇见悲壮的向日葵，但更多的还是平凡的向日葵。

说也奇怪，那些被齐脖子砍断的向日葵，伤口处又长出了更多的花盘来。像我们对一个人的幻觉与想念。但向日葵是真实的，就像一面金色的镜子，碎裂了，每一片玻璃都是一面小镜子。我只能这样来解释向日葵神奇的生命力。

海子说，面朝大海，春暖花开，或者说的就是向日葵。

在苏北平原，这个季节向日葵正在褪去花序，露出秋天的黑脸盘。那是我的母亲和父亲被太阳晒黑的脸，是苏北平原我的兄弟姐妹被太阳晒黑的脸，是成熟的向日葵的脸，是苏北平原的脸。

向日葵是平凡的，就像是种在泥土里的太阳，落地生根。在漆黑的夜晚，让苏北平原的梦，也会照着温暖的阳光。

我就是一株生长在苏北平原上的向日葵，内心藏有一生的日出与日落。

　　我用牙齿嗑着自己的日子，每一下都能听见清脆或沉闷的声响。

做豆腐

　　每次去菜市场买菜，都不知道买什么好。妻子说喜欢吃我烧的麻婆豆腐，于是，便多买了两块小磨豆腐和一包烧麻婆豆腐的调料。回家起油锅，把有海椒粉的调料稍一爆炒，放入豆腐，再倒一点海天鲜味生抽，少许水。起锅前，把另一包调料勾好芡，起黏时盛出，一盘色香味俱全的麻婆豆腐就算大功告成。当然，我是从不敢居功的。其实麻婆豆腐好吃，不是我烧得多好，而是现在的调料多了，想吃鱼香肉丝有鱼香肉丝的调料，想吃茶叶蛋有煮茶叶蛋的调料，想吃火锅有火锅的底料……生活就是这样，越来越简单，一切都仿佛可以用钱来量化。

　　现在的豆腐都是机器做的，总觉得比记忆里的豆腐少一等味。记得前一阵子电视剧《激情燃烧的岁月》热播，戏里石光荣与情敌比饭量，先是吃土豆，后来土豆没了，上了一盘豆腐。我看来看去好像还是机器做的豆腐，心里便对记忆里的豆腐更加怀念起来。

　　在我们苏北农村，每到农历新年临近，豆腐房的生意便好得不行，做豆腐就像买火车票是要预订的。那时，没有电话，父亲一天要骑着一辆破自行车跑豆腐房五六趟，生怕订好的位置被别人占了先。

　　记得第一次跟着父亲去做豆腐，是腊月初十，那年我十岁，天上下着雪。父亲拖着一平板车的柴草，和一木澡桶泡着水的黄豆朝豆腐房走，我跟在后面使着劲推。雪并不深，刚够没过脚背。柴草的味道好闻，有一种带着土腥的清新。到了豆腐房，我掸了掸身上的雪花，可粘在棉衣上的芦花却怎么也掸不掉。

　　豆腐房里的马灯很亮，两片石磨上有一个木架子，好让眼睛蒙着黑布的驴拉着转。父亲把豆子用勺子舀进石磨上的洞眼，每舀一勺豆子，就加一勺水。然后，磨下的豆子就从石磨的槽中流到缸中。磨豆子的过程是最累的，我帮不上父亲的忙，虽然我跃跃欲试，可父亲坚持不让我舀豆子，怕我被驴子踢了。

　　我总觉得驴除了拉着磨转之外，好像就没有别的想法。磨四周的青砖被驴跑出了一圈浅浅的坑，黑得发亮。那时，我就觉得奇怪，问父亲，驴为什么要蒙上眼睛？父亲说，蒙上眼睛驴就不觉得累了。我似懂非懂地点了点头。

　　豆子磨好了，就沥浆。就是把缸里磨好的液体放在浆布里滤去豆渣。我记得浆布的四角扣在一个木架子上，一边站一个人，一上一下地摇，乳白的豆浆就淌到浆布下的另一口大缸里了。就像荡秋千，豆渣就像是最后赖着不肯走的孩子。

　　终于等到煮浆的时候了，我坐在灶膛前烧火，小脸被火光映得通红。刚刚有些回凉的身体又开始暖和起来。不一会儿，豆浆的香味就出来了。浆锅开了，母亲也来了，大家开始喝豆浆。母亲把锅里的浆巴铲给我吃。做豆腐的师傅把煮好的豆浆舀到缸里，开始点卤，这可能就是做豆腐的核心技术，但豆腐师傅从来不瞒不藏，任你参观。一边问父亲来几箱老的，几箱嫩的。原来豆腐的嫩老是可以在点卤时控制的。当然，百叶也是一定要的，大蒜炒百叶，煮干丝都是很好吃的菜。

豆腐有很多吃法，在苏北，我记得菜头烧豆腐是除夕一道必不可少的菜。豆腐代表头富，菜头代表彩头，是人们对来年的美好期许。在苏北本来是没有麻婆豆腐这种吃法的，有的是豆腐烧咸菜，豆腐烧萝卜，豆腐烧蛏，豆腐烧淡菜……都很好吃。只是现在的黄豆转基因了，现在的豆腐都是机器做的了。什么内酯豆腐、彩色豆腐、蔬菜豆腐、水果豆腐，品种多了，倒反而吃得少了。一是怕被转基因，二是豆腐没有记忆中的那种味了。

以后，远方会更远

雾都打望

1.上午九点多，飞机落地，重庆遍地阳光，便觉得有点意外。白导说，重庆之前下了十五天的雨，她出门的时候，还是大雾，太阳是专为欢迎我们而出的。

几年前，差不多的时间我来过重庆，重庆每天大雾，换下来的衣服，晾好几天也不干，都有味了，也懒得重洗，出门买菜逛街，嗅着衣服上潮湿的味道，也并不难闻，那是雾的味道，重庆既是雾都，若连一点雾的味道也没有，岂不是徒有虚名。重庆的天气也不冷，正是乱穿衣的季节，正是走在街上，穿短袖的与穿羽绒服的擦肩而过，互骂神经病的季节。我就是那个穿短袖的神经病，你呢？飞机落地，重庆遍地阳光。我下意识地看了下空了的飞机，突然想起母亲生下子女后，空寂的大肚子，晚稻收割后的故乡。我不知道这突然之间想起的比喻，是在哪本书上看到的，还是我自己想到的，好在这不是写诗，语不惊人是可以被原谅的，最起码我可以自己原谅下自己。这是到重庆的第一天，当我从白导口中明白了打望这个词，觉得很新鲜。而其实就是上街看美女的意思，便更觉得好玩。我的打望节目，是从白导开始的。白导听说话应该是重庆本地人，皮肤白，身材好，还挺逗，让我觉得很亲切。自从过了五十岁生日之后，我看到美女的措辞变得谨慎起来，有些调侃的话，尽量压在枪膛里，能不说就不说，生怕一走火，落下老流氓的名声，不值当。

大巴车过桥时，白导指给我们长江与嘉陵江的汇合处，并说长江的水是黄的，嘉陵江的水是绿的。有了这个方法，我想再也不会把两条江认错了，它们就像是刚结婚的小夫妻，虽然开始了新的婚姻生活，却彼此还保持着自己的个性和颜色，不被彼此同化和淹没，就像性别，男的就是男的，女的就是女的，娘炮毕竟还是令人生厌和作呕的。当然，这是这个时代的时代病，你不喜欢，有人喜欢，我们必须忍着。这世上有许多事你必须忍着，譬如重庆的红汤火锅，白导说，刚来重庆最好不要吃，吃了拉肚子，影响行程。倒是可以回家的那天吃，到飞机上慢慢拉……白导还真逗。女导游长得漂亮还幽默，确实挺好。

长江水是黄的，嘉陵江水是绿的，我告诉你，这是真的。在未汇合的长江和嘉陵江边我再次证明了这点。就像重庆的鸳鸯火锅，一边辣，一边清汤。在朝天门码头，我与长江和它对岸的高楼合了影，顺带还弄了几条江上的游轮。在朝天门码头，只要你愿意，随便上条船，就可乘船而下，过一下"朝辞白帝彩云间，千里江陵一日还"的瘾。我看着自己倚着码头，得意忘形的样子，便觉得好笑，就好像重庆是我一个人的似的。不知古代的帝王在觉得江山都是他一个人的时，偶尔，私底下有没有也像我一样，觉得自己搞笑过。我想是不会的，因为重庆不是真的是我的，而江山确是皇帝的，最起码他觉得真是他的。有时候，我们总是会把暂时错作永恒，而忽略了时间的底线。

在洪崖洞我们按导游的说法，先乘电梯到了11楼，但到了11楼后，我们并没有一层一层地再走下去，逛小吃一条街。而是直接去了重庆美术馆（它的造型更像是一堆柴火，只是多涂了一层红漆而已），拍了一堆柴火回家。我突然觉得我们这帮人还是挺文化，挺艺术的，最起码是装得挺有文化，挺艺术的。

晚上，还是没忍住，去吃了火锅，有红油的，鸳鸯的，吃得不亦乐乎。管他呢！拉肚子就拉呗，先快活起来再说，就像遇到幸福，谁能忍得住说，等等，等我掐指算算再说。若真算到了幸福会让自己拉肚子，我们还拒绝不成？当然不会！我们又不是傻瓜！我们可不傻。我们可是一帮逮着了幸福就要一把抓住，当卤猪手啃的家伙。

重庆，我来了。

不仅是打望美女，还来打望绿的嘉陵江，黄的长江，最主要的要听听枕着它们睡觉的山城重庆的呼噜声。山城的夜景很美，晚上随便逛两条街，就能走进它的梦境。重庆多单行道，不分东南西北，只要你走错一条道，就得再转上一两个小时，才能出来。就像人生的缘分，爱情，走岔了，有时一辈子出不来。但重庆的火锅岔不了，即便你迷路了，也能吃到，想吃红油的就吃红油的，想吃鸳鸯的就鸳鸯的。如果幸福也像重庆的火锅，走到哪就哪，遍地都是，不管东西南北，到哪都不会错过就好了。

2.昨晚酒喝得有点多，早晨睡着不想起来。这是好久没有的事了，说明疲劳加上酒，绝对比任何失眠药有效。在去往武隆的大巴车上，我睡意正浓，却被窗外的阳光晃醒了，看到了山上那么多的树都开花了，那些红色的花煞是好看，艳丽夺目。我不知道那叫什么花，也没问白导，我不想很快知道它的名字。就像遇见美女，并不一定要知道她的名字，也不必追在她的屁股后面，要电话、微信，不是因为害怕拒绝，而是没有必要。任何事物被你遇见，便是缘分，至于为什么只是擦肩而过，你不知道她的名字，只能说明缘分还浅，还远远不够。这一辈子我们会遇见很多美女，就像去武隆的路上，去天坑与天缝的路上遇到的许多花朵，五颜六色，我可以不知道它们的名字，但这并不影响我欣赏它们的美，赞美它们。赞美是个好的品质，据说有人做过试验，对一朵花天天赞美，对另一朵花则天天咒骂，结果被赞美的越来越美，被咒骂的没几天就被骂死了。这个试验更像是寓言，但却是真实的，骂人谁不会，但我们还应该学会赞美。赞美别人，别的事物，也赞美自己。在游客中心等人的时候，有人问白导，路边的花是什么花。有人抢答，野花。白导说不晓得名字的花，都叫格桑花。我觉得这两个答案都没问题，但格桑花更有诗意。

有两个下天坑的电梯，每个电梯一次只能下十三人，由于游客巨多，所以电梯前游客排成了长龙。到达天坑的时候，我在大山的缝隙里看了一下蓝天白云和崖上翠绿的树，拍在照片里就像天坑脖子上的一个漂亮的挂件，虽说形状有些不规则，但却很有艺术性。我一直以为最美的艺术就是自然，是岁月的鬼斧神刀雕琢而成的。在鲤鱼跳龙门的景点，许多人在拍照，原来所谓的鲤鱼，就是山的缝隙形成的一条跳跃的鱼影，它是白色的，没有鱼鳞和眼睛，但弯曲的尾巴很有力，让我不得不信它真的是从山下的溪流里跳上天的。我不知道这么大的天坑是怎么形成的，是什么力量能把大山像掏空似的硬生生地砸出了个坑。大自然是神秘的，作为大自然的过客，人亦是神秘的。游天坑其实就是徒步走过天生三桥，至于哪天生三桥，我一时想不起来名字了，或者本就叫天生三桥，并没有其他的名字。即便真有其他的名字以区分一、二，而我又真的忘了，其实也没什么，我相信有许多人和我一样。重庆的道路几乎都是单行道，天坑也一样，不走回头路。

　　天坑最美的地方，都有许多的写生者，他们画的是国画山水，用的都是毛笔和墨，让我觉得很亲切。从年龄上看，这些写生者大多都很年轻，估计是美术学院的学生。我在每个写生者的画板上都盯上一眼，想看看画上的天坑有多美，究竟是啥样的，和现实中的有啥不同。只可惜，他们的画还只是开始，才画出了山的一鳞半爪。但就这一鳞半爪来说，我觉得还没我刚学画一年多的老婆画得好。也许作为一个欣赏者我更喜欢画的完整性，我无法从现有的一鳞半爪想象出天坑的全貌，或者说我还没有鉴赏一幅画的艺术涵养。总之，在天坑我拍了许多美景，我想让老婆画一个天坑系列。天坑有三处飞泉，第一处的泉水叫珍珠泉，在阳光照耀下，水珠一颗一颗的像珍珠。第二处叫雾泉，水珠细小，迷茫，像雾。我有意识地眯缝着眼睛看了下雾泉，便觉得雾更大了。至于第三处泉，我不记得名字了，只记得白导说像童子撒尿。有人说，都撒了这么多年了还是童子，众人哗笑。在天坑有一块被称作草原的草地，导游说只有巴掌大，那绝对是不止的，若按遛马来算，估计遛个几十匹还是可以的，但我觉得这片草原的草有问题，品种很杂，也不是马爱吃的草，还断断续续的连不成片。所以，我觉得遛马还是有点勉强，但遛遛蓝天白云，绝对没问题。或者遛一场雨，一场雪，山上偶尔飘下的落叶，或者更有闲趣。

　　快走完天坑的时候，白导说如果早一点来，会见到彼岸花，很美。我没见过彼岸花，但我知道彼岸花是有叶的时候没花，有花的时候，没叶。叶与花生生不能相见。我说在电影里我见过蓝色的彼岸花。白导说天坑的彼岸花是黄色的，而真正的彼岸花是红色的……我以为只要是叶与花生生不能相见的，都是彼岸花。

进入地缝，其实与进入地坑是一样的，也是排队，电梯一次下十三人。地缝的栈道很窄，就是在山崖边的山缝里绕圈。我恐高，不观景，花了四十分钟到了集合处，白导竖了大拇指，说我是第一名。我本就觉得游地缝就像是锻炼身体，被白导这一夸就更像了。凡到地缝游玩的，有恐高者，就把这当成体育锻炼也是挺好的，最起码这鲜美的空气是山外没有的，城里就更没有了。深呼吸，把体内的浊气排出，换上新鲜的，就像给汽车加满了油，动力明显增强了不少。

晚上，看印象武隆，据介绍灯光就花了几亿。我个人以为印象武隆若改为印象纤夫更合适。因为从始至终这台灯光打造的音诗画的晚会，全都是围绕纤夫肩膀上的人生演绎的，有人说质朴，有人说悲凉，要我说就是很美，很文艺范。但不怕你笑话，这场印象武隆给我的最大收获却是知道了重庆火锅的来历。

重庆火锅是由纤夫发明的。因为在江上拉纤，没有时间正儿八经地做饭做菜，就把所有的食材放入煮沸的水中，加上花椒、辣子等各种调料一起煮，就成了火锅。

从这方面说，印象武隆，让纤夫做主题、做主角还是有道理的，不过分的，毕竟是重庆火锅成就了重庆，成就了武隆，而重庆火锅又是纤夫意外得来的。至于名字是印象武隆，或是印象纤夫，其实都可以。

另外，说一句印象武隆的歌都很好听。还有天坑的钟乳石也很漂亮，像大自然的浮雕群，并且还在不断生长。

虽然晚上很冷，看演出的人大多都走了。我还是坚持看到了最后。我以为这是对美与艺术的尊重，更是对演员们的尊重。

3.去仙女山的大草原，看到了马和羊群，但并没有看到仙女。仙女是什么样的呢？小时候牛郎织女，天仙配，仙女给我的印象就是美丽善良，对于美好爱情的主动追求。仙女的衣衫薄如蝉翼，水袖轻舞，如入幻境。

或者仙女就是长着翅膀的天使，我们看不见她，但她就守护在我们的身边，当你嗅着大草原的花香，晒着大草原秋天的阳光，在草地上撒欢打滚，仙女就在你的身旁看着你，像风一样抚摸着你，像新鲜的空气滋润着你，让你流连忘返。

大草原是美丽的，虽没有想象中的大，也没有想象中的一望无际，是加了双引号的大草原，但并不影响我们打望它的兴致与想象。只是草贴着地皮，很矮小，想演一下风吹草低见牛羊，估计还得长个半米高才行吧。不过风不吹，草不低，照样见牛羊也是挺好的。只是大草原的草在我们去的季节已经低不下去了，再低就要低回土里变成种子了。我就像大草原贴着地皮的一株草，卑微而又渺小，但我从不放弃。卑微渺小地活着，干干净净地活着，仰面朝天，坦然面对仙女山的蓝天白云，面对天使呵护人间的翅膀。我是卑微的芸芸众生，也是善良诚实的芸芸众生，不说假话的芸芸众生。

大草原真不大，因为是在山上，便会有所起伏。犹如少女情窦初开的胸怀，呼吸急促，有着无数的锦鸡与野兔，怦怦乱跳。我把耳朵贴着草地，犹如贴着仙女的胸口，仙女山的心跳，快活有力，像丰收的鼓点，敲打着你的耳膜。如果你爱仙女山，爱仙女山的大草原，你就在心里大喊一声，我爱你。让心壁发出回声，相互碰撞，经久不息吧！

仙女山，我爱你，我爱你，我爱你……有同行的女孩喊出了我在心里默念的词，那清纯的声音传得很远，且绕过了远山与树林，并没有像回声被折回，像单行道一直朝向天边……

仙女山的大草原，并没有天苍苍野茫茫的感觉，用大作为修辞终究有点夸张。它就像是绿色的床单一块一块地铺在仙女山上，我没数有多少块这样的床单，但至少有七八块吧。因为我是从小听着七仙女的故事长大的，听黄梅戏长大的。我的爱情启蒙，并不是丘比特的神箭，抑或罗密欧与朱丽叶，也不是令少年维特烦恼的女孩，而是七仙女。

小时候，我家池塘边有许多槐树，有两棵枣树，夜晚我在树下纳凉，看见满天的星星就挂在树上，空气中弥漫着花香，我想一定有仙女来过，下凡来找她们的爱情。那时，我还小，吃饭还够不着桌面，还是个孩子，当然不会有仙女为我而来。

但种树的人，很有可能是见过仙女的，将来我也会见到仙女的，我是一个坚持梦想的人，所以，我来仙女山看大草原，打望仙女。

虽说是没见着仙女，却没有一点后悔，我相信这世上所有的爱，都是无怨无悔的。

在离开大草原的时候，突然觉得大草原就像是苏北平原冬天的麦地，一块一块的，一亩一亩的，而观光小火车载着我们绕着大草原缓缓地行驶，突然便有一种依依不舍的感觉，当初，我就是这样离开苏北平原的，离开那大草原一般的麦地的。

十月，多么美好的季节呵，时光让我与仙女山的大草原相遇，与故乡的麦地相遇，绝对是一种恩赐，天大的恩赐，大草原一般大的恩赐。对于大自然的恩赐，我必须张开双臂，一滴不漏地全部抱在怀中，如果你也爱仙女山，爱大草原，那就来吧！来取回上天给你的恩赐，什么时候都行，什么季节都不晚。

离开大草原时，天边飞来了好多喜鹊，落在草地上，它们是有什么好消息要告诉吗？它们是命运交响曲里的黑白琴键正弹奏着草原和故乡，所有的相遇都很神奇，就像日月同辉。

喜鹊是仙女的神鸟，为了爱情，可以在银河上驾设彩虹……我相信这群喜鹊与苏北平原上的喜鹊，都是爱的天使。

吃过午饭，下午我们还要去芙蓉洞，不知是因为累，还是因为大草原的陶醉，我在大巴车上竟然睡着了，且睡得很香……

我梦见了长着白色翅膀的仙女，身上散发出格桑花的芬芳……

她像白导一样迷人地笑着……

4.芙蓉洞其实就像是一个钟乳石的仓库。你不得不佩服大自然的造化，虽然作为游览胜地，难免会有人工雕琢的痕迹，修了栈道，布了灯光。但钟乳石却是人工无法复制粘贴的，它就像大自然的菜园子，你看到了葡萄园，那它就是葡萄园，就是一串串一层层重重叠叠的葡萄。如果你觉得它像睡佛，那它就是睡佛，你看他手臂枕头，微屈双膝，你甚至可以听到他打呼噜的声音，胸脯起伏，一呼一吸，自然而平静。彩色的五龙柱，比别的石柱细，柱上盘着五条龙，当然，如果没有打上灯光，五条龙还是五条龙。只是我们不能看得这么清楚，而对于不清楚的事物，我们会或多或少地存有疑惑。芙蓉洞与天坑和地缝一样，不走回头路，只是栈道更加湿滑，不敢一边走，一边拍照，遇到好看的喜欢的就停下来慢慢拍个够。芙蓉洞有大片的石笋，就像刚出土的竹笋一样，还没脱掉笋衣，露出春天的绿来。或者，它们也会脱下笋衣的，但所需的时间绝不是一个春天，也许会是几万年。因而，人们表达爱情时信誓旦旦的海枯石烂还是可以期待的。

年轻的钟乳石，白导说出年轻这个词我有点惊讶，一块石头还分年轻、年老？这么说来它们也是有生命的，上帝赋予一块石头的时间，或者说生命比人类要多千万倍。千万年的钟乳石，还在生长。但我并不羡慕，它们被埋在湿冷的地下，孤独而又寂寞，像一个闭关修炼的圣者，它们的思想怎样才能传递到芙蓉洞外，人间，天边，甚至是浩瀚的宇宙呢？芙蓉洞为我们打开了地球的门扉，这座神奇的宫殿是地狱，还是天堂。我伸手去摸了下钟乳石湿冷的皮肤，就好像摸到了一条蛇的皮肤，我赶紧把手缩回来，生怕惊动了四周的牛头马面。天堂应该是在天上的，阳光灿烂，鲜花盛开的。这样一想，心中便顿生了一种恐惧，前后一看，已空无一人，只有隐约的人声。美轮美奂的芙蓉洞，对我这个胆怯的人来说，便只有光怪陆离了。这一定不是地狱，它一定是某朝某代沉沦的宫殿，皇帝、王妃、太监、文武百官、弓箭手一定就潜伏在暗处……我不由得加快了步子，想赶紧走出这座湿冷的地宫，回到地面温暖的阳光里。

我突然想起白导之前说的彼岸花来，虽然我并没有见着，蓝色的，黄色的，红色的彼岸花，但我相信它们就盛开在芙蓉洞外的某处。甚至是作为此岸与彼岸的界碑存在着。没见着彼岸花是幸运的，当我走出芙蓉洞时，暗自在心里庆幸。可又转念一想如若遇见了彼岸花，会发生些什么呢？会不会抵达一个新的世界，充满了未可知的热爱与幸福，有更多让我们打望的事物呢？不自觉中，又好似添了一层莫名的怅然。

我在芙蓉洞外一边删着在芙蓉洞里拍的钟乳石、睡佛、石笋的照片，一边又有些不舍。但最后还是删了，一是因为手机内存小，明天还有更多的景色要拍；二是我想把这些湿冷的照片换上阳光灿烂的，温暖的照片，但心里似乎还有一丝不安，这些照片真的能删除得了吗？说不定它们就躲在手机的某处，窥视着我呢！记得王小波说过，已发生过的事情，是无法改变的。我来过重庆、芙蓉洞，拍下的所有照片，无论删与不删，都是无法改变的。一如我写下的诗歌，在人间留下的一切，好的，坏的，令我骄傲和羞愧的所有的痕迹，都是无法改变的。这并不让我难受，反而觉得坦然。

打望，重庆方言，即掂量观望的意思，重庆多雾，雾是重庆的面纱，是重庆的山水草木，一切事物的面纱，也许只有在雾中才会需要对眼前的人和事物眯着眼睛，或睁大眼睛仔细掂量观望，虽近在咫尺，也不敢马虎。

重庆多单行道，不走回头路，这也许是我最喜欢重庆的地方。它就好像母亲时刻在提醒着我，做任何决定之前，都要考虑再三，这世上没有后悔药可吃。而我的回答是，我知道，即便有后悔药也不吃。

对于自己的选择，信仰，我愿意做一个一条道走到黑的人，不到黄河不死心的人。

重庆//重庆的房子建在山上/比山高/重庆的路/多单行道/不走回头路/重庆人不分东南西北/只有上下左右/流经重庆的长江水是黄的/嘉陵江水是绿的/乌江水更绿/它们是桃园三结义的兄弟/青海来的长江是大哥/陕西来的嘉陵江是老二/贵州来的乌江是老三/它们像三条水蛇/把重庆像一枚金币盘来盘去/越盘越亮

雾城打望，偶有心得，足矣。

呼伦贝尔大草原，一首歌和九首诗

　　草原今年雨水少，草没有想象的绿，也没有想象的高，根本藏不住一只牛羊，连一只蚱蜢都不太藏得住，除了更小的草蚊子之外。这个时候的草原适合远眺，远眺似乎可把星星点点的绿都集中起来，看起来比近看时绿得多。近看，草原的草大半是黄的，而绿更像是星星点灯，在绿与黄的比例上，或者说数量上，黄似乎还占着优势。这并不碍事，我愿意等草原上的一场雨，草绿起来，疯长起来，长成想象中的样子，诗的样子，风吹草低见牛羊的样子……

　　我接过蒙古少女手中的酒，用右手的无名指蘸酒，敬天，敬地，然后再弹下自己的前额……酒可一饮而尽，亦可沾唇即可。不必说太多的话，我的无名指把额头弹红了，有些疼。

　　草原的风有点大，阳光的暖被风一吹，根本没有炎炎夏日的那种灼热，而是又暖又凉的，很舒服。但草原的蚊子与虫子太多，飞来飞去的确实有点恼人，初到草原的人，好像每个人都开始手舞足蹈起来，自然，也包括我。草原上的蚊子就是好客，一来就教我们蒙古舞。开日杂店的老板，嘿嘿地笑，说草蚊子，不咬人的。这算不算是地方保护，我以为是算的。

　　草原上蚱蜢很多，它们不怕人，会自己跳到你的鞋上，你想抓它，它嗖的一下就跳回了草丛。但也并非抓不着，一女孩屈着手在草地上，也像蚱蜢似的蹦来跳去的，不多一会儿就捉到了两只蚱蜢，装在了一只透明的矿泉水瓶中，她戴着眼镜，欣赏着瓶子里的蚱蜢，那认真的样子，有点像写《昆虫记》的法国昆虫学家法布尔……当然，也可能只是一个戏剧迷在欣赏着一部古装戏，兄弟相残，或者宫斗的，这也许更接近实际。

　　呼和诺尔湖，并不算辽阔，但整个下午它都是波光粼粼的，看上去很是耀眼，甚至我们用手机拍它时，因为迎着光，所以都是盲拍的；但这并不影响呼和诺尔湖的美，更明白了我们自己的位置，呼和诺尔湖东岸。整个下午呼和诺尔湖看上去心情都很好，并没有拒绝我们的意思，相反它是很欢迎我们的，不然何以能有这波光粼粼的笑意，它并不是风，或者阳光说给就能给的，它是呼和诺尔湖发自内心的热情，它敞开怀抱拥抱着我们，拥抱着我们生命的每一分，每一秒。

　　我独自径直走到湖边，站在一片草泽之中，自拍了几张照片，湖水在我的身后闪烁，看起来，我似乎比之前高大了一些。但我还是把照片删了，我不想自己看起来高于呼和诺尔湖，高于芦苇、草地，高于一只蚱蜢与草蚊子。那样会让我心虚的。其实，在生命的层面，一只大象并不大于一只蚱蜢，一只草蚊子，一只黑蚂蚁。

　　湖边的草丛中到处都是干牛粪，却并未见到牛。这让我很奇怪，没牛，哪来的牛粪呢？一群女孩子嘻嘻哈哈花蝴蝶般的飞到湖边，席地而坐，就拍起照来……我说她们是插在牛粪上的鲜花，她们并不反对，女孩子爱美，只要是鲜花，即便插在牛粪上，她们也会认。我喜欢她们青春的样子，像呼和诺尔湖波光粼粼的样子。

我们吃晚餐的地方，就在湖边的一个大蒙古包里，它的门楣上刻着呼和诺尔湖，还是呼和诺尔我已记不太清，直到第二天早餐后，我才发现那字不是刻的，而是烙铁烙上的，有点火烧火燎的感觉。

因为离六点半吃晚饭还有一段时间，我想去今晚将入住的蒙古包看一眼，躺一会儿，坐了六七个小时的飞机，又坐了几个小时的大巴，确实是有点累了，但并不很困。

去湖边入住的蒙古包，可以绕着湖边走，既可以欣赏湖景，亦可欣赏草地，并且没有那么多的草蚊子。现在正值七月上旬，是呼伦贝尔草原旅游的旺季。湖边有许多拆了车头的房车，在代替蒙古包让游客住宿，由此可见呼伦贝尔的牧民还是很富有的，也有创造性。听同行的呼伦贝尔的朋友介绍，现在的牧民每家都分有几千亩、上万亩不等的草地，养羊、养牛、养马，早已富得流油了。蒙古人家的女儿出嫁，光娘家陪嫁的头饰就值几十万……小伙子帅说，我得留在呼伦贝尔不回去了，正当我们诧异之时，他又接着说，走了这么远的路，总得带点战利品回家吧！对，娶个内蒙古的女孩回去，确实是个好主意。看我们不笑，他自己反倒大笑起来，我们也就很自然地跟着大笑了起来。

在呼伦贝尔大草原上，只要你快乐，你开心，你敢放声大笑，笑声一定会传得很远。你只要仔细听，甚至你都能听见天边发出的回声，哈哈哈，哈哈哈的，不绝如缕。就像这呼和诺尔湖的水面，一会儿金光闪闪，一会儿又银光闪闪的。笑声、欢乐，我想就是人生最美好、最丰富、最值得珍惜的宝藏。而我们却常常为生存所累，疏于发现，又懒于挖掘。

帅确实是个很阳光的男孩，他快乐而又风趣，的确不该是个单身狗的。可爱情是一种缘分，始终是急不来了。就如同我与呼伦贝尔的相遇，冥冥中等了五十六年。从这个角度看，帅要比我幸运。

在快到我们入住的蒙古包时，我们遇见了一条狗，它躺在草地上晒太阳，对我们的到来，似乎并不感兴趣，甚至都不愿意抬头正眼瞧我们一下。它的毛是深褐色的，又好像透着一点土黄，与草地的黄不同，与咖啡色也不同，咖啡色太暗了。我突然间想到了一个颜色，棕色。再看那狗确是棕色的，并且是棕色到有点发亮的那种棕色。我不知道那狗属于什么品种。有人说是藏獒。那条狗似乎听出了我们在议论它，竟自个站了起来，朝我们走来，我似乎还看到了它朝我们摇了摇尾巴表示友好。我之所以说似乎，而不敢确定它真的摇了尾巴，是因为那天草原上的风确实有点大，它要是想摆动一下狗尾巴，还是轻而易举的。狗朝我们走了两步，又走了回去，趴在地上继续它的梦了。

这么温顺的狗，会是藏獒？我确实不敢相信。有那么一小会儿，我都有点想上去抱它一下，让它舔一下我的手，表示友好与爱。我家也有条白色的萨摩，很可爱，总爱睡在我的脚上，偷偷地舔我。如果看到我去洗手，它就会不高兴，并且会好久都不理我。

蒙古包是白色的，远远看去有点像蘑菇，我知道这样说有点夸张，但我还是要这样说，因为我确实觉得它像蘑菇，并不是因为矫情才这样说。蒙古包的门前长了好多蒿草，打开门一股潮湿的气味扑面而来。一看就知道已好久未有人住过了。好在有空调，有热水器，打开窗户，外面还有大好的阳光。呼伦贝尔的日落，至少要比深圳晚两到三个小时。蒙古包的窗户没有窗帘，只有一根挂窗帘的绳子，老板娘说，窗帘拿去洗了，马上会帮我挂上。其实，挂不挂窗帘的其实也没有什么的，谁愿意看一个大男人，睡觉打呼的现场直播。何况打开抖音，稀奇八怪，好玩的视频多了去了。

蒙古包是圆的，床是方的，我不知为什么，困，却睡不着。我每到一个陌生的地方都睡不着，到大草原也不例外。如果我再年轻个二十岁，也许会选择一夜不睡觉，躺在草地上看星星。但现在我不会做这般疯狂的事了，或者说浪漫的事也成。

我躺在床上，几乎是在无意识的状态下，在百度的搜索栏里打上了藏獒两个字，一点搜索，屏幕上嗖的一下就跳出了一条藏獒，它坐在草地上的姿势，它棕色的有点发亮的皮毛……都似乎在对我说，我是见过那条狗的。对，它就是我刚刚见过的那条狗，温顺又慵懒的那条藏獒。

可百度的介绍又让我对自己的判断犹豫了起来。

藏獒（英语：Xizang Mastiff），又名西藏獒犬、吐蕃獒、东方神犬。是一种体型较大性格凶猛的犬。性格：忠诚、对人较不友好、倔强、凶猛、个性独立。

不过，无论如何人与藏獒的友好相处是个好的结果，藏獒对人的友好也许消亡了一部分藏獒的野性，但在没有伤害与杀戮的环境下，这一部分消亡了的野性我倒觉得并不是一种退化，相反是一种进步。

吃好了晚餐回来，天还亮得很。窗帘真的给安上了。我拉上窗帘，又打开，再拉上，再打开……就像跟草原玩起了捉迷藏。

冲了个凉，发觉呼伦贝尔的水有点咸，它并不影响冲凉。当我准备躺着睡一会儿的时候，才发现床上有许多的小虫子——有草蚊子、蜘蛛，和很多不知名的各种小虫子。我把床单拎起来抖了几下，又重新铺好。我不知道那些草蚊子和小虫子是不是真的不咬人。为了保险起见，我决定还是和衣而卧，虽然有点不舒服，但总归要比被虫子咬强得多吧。

我昏昏沉沉地好像睡了很久，又好像只睡了一会儿，我一直在一个梦里……被一阵嘈杂声吵醒后，帅说，篝火晚会开始了。我看了下手机，九点半了。我说，我就不去了吧。可帅不由分说，拽起我就往外走。外面已聚集了几十个人，正在朝着篝火晚会的广场走。

他们抄了近路，我们也跟着抄了近路。草地里尽是牛粪，我打开手机里的手电筒照着往前走。虽说大多数的牛粪都是干的。但踩到脚上，还是会有些不舒服的……不知是谁突然大叫了一声，有蛇。一下子大家都飞跑起来，朝着亮着灯的广场飞奔而去，再没有人管牛粪不牛粪的了。惊惧会激发人本能里的自我保护意识，这是确凿无疑的了。

帅又在我们身后大笑了起来……

他的恶作剧，至少让我们提前了五分钟到达了篝火晚会现场。我们各自拿了两根彩色的绸带，跟着队伍手拉着手，围着篝火跳了起来。呼和诺尔湖畔热闹了起来。与跳舞相比，我更喜欢听歌。

记得那一夜听得最多的就是《父亲的草原母亲的河》。因为一直有人点这个歌。一百块钱一首，我觉得有点贵。但这个世界上有的是不差钱的。在那个晚上，我最喜欢的一首歌是《爱上你，难道也有错吗？》，是俄语唱的，虽然我一句没听懂。

呼伦贝尔，我爱上你，难道有错吗？

呼和诺尔湖，我爱上你，难道有错吗？

当然没有。

清晨五点左右，我被一阵马蹄声吵醒了，一个牧民正骑着马，握着套马杆在把他的羊群、牛群，还有马群往栏里赶。他策马奔驰的样子让我很是羡慕。骑马原来是件很威武的事，在来草原的路上，我跟帅说，烤全羊一定是要吃的，但骑马就算了，毕竟年龄大了，摔了不合算。而现在我竟对骑马这件事，有点迫不及待了。也许，这也可算作是人性的复杂吧。好在，大草原是简单的，它的一望无际可以直抵天边。我的目光循着草地极目远眺，不，只要随便看一眼，就能看到天边，若给我一匹快马，一个时辰之内，我想我就可抵达朝霞绯红的，太阳的宫殿。

因为贪睡，我并没有躺在草地上看星星，也没有看日出。呼和诺尔湖六点钟的太阳，用母亲的话说，是就要烧屁股了。

马无夜草不肥，也许有很多的含义。但在大草原也许就只有一个含义，马无夜草真的不肥。不然，牧民怎么会四点多就把吃饱了草的牛、羊、马关进了牛栏、羊圈、马厩里了呢？

可想而知，昨天我们抄近路去篝火晚会的那片草地上的牛粪，也不一定是牛粪，也有可能是马粪。据此推算，也不是每朵鲜花想插在牛粪上，就能插在牛粪上的，说不定就插在了马粪上了。能插上牛粪的概率，也就是百分之五十吧。我想也就跟考大学的概率差不多，或者更低。所以，能插上牛粪的鲜花，还是值得庆幸的。

在呼和诺尔，我写了四首诗。

草原的好

草原好

阳光好，敬酒好

歌好，哈达好

蓝天白云好

蒙古包好

呼和诺尔湖好

风有点凉，穿了春秋衫

还是好

只是飞机上的午餐不好

我的肠胃不好

吃了几颗药

都还好

但顶好的还是草原的草地上

到处都是牛粪

可爱的女人们不管长得

好不好，往草地一坐

就是一朵鲜花了

没有谁敢说个不字

牛也不敢说

2019.7.3

篝火晚会

点燃篝火
人们手拉着手
围着篝火转着圈
篝火越燃越旺
有人点歌
《父亲的草原母亲的河》
献给爱过
又分别的人
湖水暗了下来
与草地连成了一片
天空的星星寂寥
数都能数清
篝火晚会，人们像扑火的蛾
聚到一起
然后，又各自散去
今夜谁的梦里
会有依依的蝴蝶
而我只是期待着早点天亮
到下一个地方
再看看草原
看看牛羊
2019.7

呼和诺尔湖

从呼和诺尔湖
到入住的蒙古包
沿着湖边走，大约十五分钟
湖水很清冽
与坡上的草地
一起被风吹着
草很矮，根本不需要低头
也能见牛羊
蒙古包，看起来
似乎没有湖水干净
一打开门，扑鼻而来的
是久未有人居住的
潮湿气味，只有打开空调
和所有的门窗
多放进来一点风和阳光
气味才会好一点
当我和衣而卧
才发现蒙古包真的很圆
好在我躺的床是方的
完全可以控制自己
不随它随便旋转

2019.7.2

两只蚱蜢

她在呼和诺尔湖边
捉了两只蚱蜢
养在矿泉水瓶子里
为了让它们活得更久
她用打火机点燃牙签
在矿泉水瓶上，烫了两个
透气孔。蚱蜢还活着
我说，放两片草叶吧
不然，它们也许会死的
她没有说话
她专心地欣赏着两只蚱蜢
它们并不友好
把各自的蹦跳，改成了打架
就像时光之狱中的两狱友
也许明天，或者后天
它们就会被带离大草原
成为她孩子的宠物
她，会告诉她的孩子
这两只小小的蚱蜢
曾生活在辽阔的大草原
呼和诺尔湖边
它们数量众多，似乎可称之为
昆虫之王……而两只蚱蜢

离开了大草原

在一只矿泉水瓶子里

究竟能活多久

谁也不知道，但愿它们

能活着离开草原

在一只漂亮的陶罐里

了结余生

就像漂泊在喧嚣人间的

我们，你们，和他们……

2019.7.4

也许，诗的内容跟前面文中的内容有重复的地方，你们可以选择看，也可以选择省略不看。我之所以要把它们录在这儿，是因为这四首诗记录了我对大草原最初的那个感觉，就像初恋，我对大草原的每一个眼神，每一个动作都觉得新鲜好奇。诗里的每个字写得都不轻松，就像草原的草，绿得都不容易。

在去根河的路上，听了有关傻狍子的故事，觉得很有意思。狍子在我们老家叫牙獐，好像是麋鹿的伴生动物，也就是哪里有狍子，哪里就可能有麋鹿，换句话说，只要狍子能活的地方，麋鹿就能活。

说到傻狍子的傻，我觉得其实也不是傻，就像那些大智若愚的人并不是真的愚，也许它们只是对这个世界充满好奇，因为过于专注，所以看起来有点木讷而已。

她说，猎人开着摩托追狍子，追到一半停了下来，狍子也会跟着停了下来。然后，猎人举枪朝天开一枪，狍子便会自己跑过来，好奇地盯着猎人看，猎人便用麻袋套住它的头，往摩托上一放，载回去。据说狍子的肉很嫩，很鲜美。但我没吃过，也不想吃。

很巧，前几天读了梁晓声的有关狍子的小小说，说两个猎人把两只狍子逼到了悬崖，举起枪时，却发现两只狍子回头看了他们一眼，然后，公狍子开始亲吻它怀了孕的妻子，胖胖的母狍子……并且再也没看猎人一眼。

最后，猎人放下了枪。猎人有个规矩，不杀怀孕的动物……我被这个故事感动了，作为生命而言，一只傻狍子并不比人卑微。由此联想到关于成吉思汗墓的一个传说，成吉思汗死后埋在了大草原，没留任何标志物。只是当着一头母鹿的面杀死了它的孩子。以后，每当有人要去成吉思汗的墓地祭拜，就把母鹿放出来，跟着母鹿走，就能找到成吉思汗的墓了。后来母鹿老了，死了，成吉思汗的墓再也没人能找到了……

有人说，人类也许是这个世界最残忍的动物了。我承认，因为就在昨天我还拍死了许多草蚊子，我也不是个素食主义者，我是一个需要向上帝忏悔的人。

关于中国最后一个狩猎部落，敖鲁古雅，我写下了这样一首诗。

敖鲁古雅

在中国最后一个狩猎部落
敖鲁古雅
我看到了傻狍子
麋鹿、兔子、松鼠

和绵羊……

它们与人类的关系融洽

甚至有麋鹿主动与人合影

它们多么温顺

没有了一点野性

对于人们的好奇心

也不再逃避，与拒绝

我一直以为

只要世界没有了杀戮

一切的温顺都在情理之中

在中国最后的狩猎部落

敖鲁古雅，所有的动物都

好像被驯得特别温顺

他们住的撮罗子

就好像附着了什么魔力

可当我注意到麋鹿

被切掉的鹿角

路边的小摊贩叫卖着

鹿茸，鹿鞭和各式的鹿皮制品

我对这个世界抱有的好感

又开始有了些许动摇

我对身边的她说

我宁愿相信，这些都是假货

她轻声地嘘我

小声点，当心挨揍

在大兴安岭的腹地，敖鲁古雅
杨树林覆盖的地方
除了游客，已听不到
狩猎的枪声

2019.7.4

这个世界有许多的悲哀，不仅仅是人类的，还是动物的，草木的，昆虫的……我们又有什么资格将它们的悲哀忽略不计呢！甚至于把它们的悲哀也算作人类的悲哀呢！人类需要的公平，万物也都需要，只是大多数的公平，我们说了并不作数。

在进入根河地界的时候，有一根表示极寒之地的温度表，最低温度指向零下60℃。这对于我来说是难以想象的。好在现在是盛夏，我们无须体验这种冷。

今夜，我们将入住诗一样的小木屋——房间是用整根整根的圆木排列着搭建的，床，椅子，桌子都是圆木组成的。我说这是一间会呼吸的房子。帅说，如果它们半夜长起绿叶，变成森林，大兴安岭的一部分，我们会不会被狼叼走。我说这可说不定了。

于是，我们几乎是同时，哈哈哈地大笑起来。

房子里有空调，但不需要制冷，或者在根河空调根本就没有制冷的功能，就像在深圳许多空调没有制热的功能一样。这个季节，在根河，不冷也不热，不管是制冷，还是制热都有点儿夸张，纯属浪费。我是个还算节俭的人，我宁愿让空调作摆设，也不愿去浪费。世界上的一切资源都是有限的。这话是谁说的，我记不得了，但肯定不是我说的，我还没有那么高的觉悟。

吃过晚饭，帅出去吃烧烤喝啤酒了，我冲个了凉，躺在床上看电视，一会儿就睡着了。我甚至都听见了自己的呼噜声。这是真的，我真的能听见自己的呼噜声。帅说，是我觉睡得不香，太焦虑的缘故。对这个观点，我并不赞同，持保留意见。

　　凌晨三点我又醒了，网上说这个时间醒对身体不好，得继续睡，哪怕是闭目养神也好。可我被诗驱赶着，又开始写根河，与木房了——

　　鹿鸣

　　　　根河，三点多钟天就亮了
　　　　或许更早，因为我三点多钟睡醒时
　　　　天已经亮了。下雨
　　　　有鸟的叫声，好像比较粗犷
　　　　犹如北方的汉子
　　　　或者，一个变声期孩子的晨读
　　　　雨并不大，它打在木屋上
　　　　声音柔和如俄罗斯少女的歌声
　　　　早上，四点五十左右
　　　　雨停了，我听到了呦呦的叫声
　　　　好像带点忧伤
　　　　我站在窗口，不知那叫声
　　　　来自何处。只见一只鸟
　　　　站在一棵小树的树顶
　　　　不厌其烦地，唧唧唧唧地叫着
　　　　好像在告诉我

那呦呦的叫声，是谁的
我越听不懂，它就叫得越急
在根河，一个急性子的人
遇见了一只急性子的鸟
根河在发亮，在林区
一会儿下雨，一会儿出太阳
太正常不过了
根河没有高大的建筑
阳光照耀着的每一间房子
每一棵树，我站在窗前
都能看到，太阳在根河
神一样地莅临
多么干净，多么温暖
我又听见了那种叫声
循声望去，一群梅花鹿
被圈养在笼子里
突然就想起了曹操的短歌行
呦呦鹿鸣，食野之苹
这群梅花鹿，呦呦地叫着
一定是在呼唤着大草原
呼唤着森林
犹如我们呼唤着诗歌与远方
冥冥中，我好像也曾呦呦地叫过
不止一次，也不止两次……

2019.7.4

就像马匹，牛羊是为草原而活的一样，我这辈子对自己有个最大的误读，就是以为自己是为诗歌而活的。有时是我折磨诗歌，有时是诗歌折磨我，我都认了。我与诗歌不过就是一对欢喜冤家而已，爱始终是真的，恨始终是假的。

晚上，下了一场雨，草原的草一下子绿了许多，也高了许多。一大早帅就嚷嚷着，今天要去骑马了，今天要去骑马了……好像谁不知道似的，我们到呼伦贝尔来，不就是来看看大草原，吃吃烤全羊，骑骑马，拉拉弓射射箭的吗？这一天终于来了，别说帅了，就连我这个半百老头，还时不时地偷偷傻乐呢！

去骑马场的路很远，坐了几个小时的大巴才到。所以对骑马的渴望有点减弱。马场的风很大，没有太阳，大家都觉得有点冷，我也觉得冷。

在我蹬上马鞍，翻身上马后，有人问我要不要牵马的，我说不要。虽然我心里有点害怕，但如果马由人牵着，就一点意思也没有了，还骑个毛呵！

骑马其实很简单，就像开车一样。你要马往哪边走，就往哪边拉一下缰绳。若是要停下，就提下缰绳，喊声吁。若要马快跑，也提下缰绳，喊声驾就行。我没有喊过吁，只在马想吃草时，提了下缰绳，喊了两声驾。

马屁股是拍不得的，马术师说，就像老虎的屁股摸不得一样。

骑了三四十分钟马，只是在快要结束的分把钟里，跟着头马快走了几步，自始至终，都没有过策马飞驰的感觉。

有诗为证。

骑马

到了草原
不骑马，不喝酒
就好像没到过草原一样
用我老家的话说
结了婚，不同房的意思
走，骑马去
我可不是个无情无义的人
穿衣，戴帽
听完骑马要领
翻身上马，溜达了一圈
就算是到过草原
骑过马的人了
虽没有策马奔腾
但至少也在马背上
待了三四十分钟
只是牙被风吹疼了
牙龈肿了，好像被马蹄
踢过，可这又算什么
回去喝几口马奶酒
兴许就好了

2019.7.5

不管怎么说，在呼伦贝尔大草原，骑马还是件让我又开心又兴奋的事，虽说，没有策马扬鞭，有些遗憾，但都是日后可以弥补的遗憾，所以也算不得是遗憾了。

关于额尔古纳湿地我也写了一首诗。

额尔古纳湿地

在亚洲第一湿地

额尔古纳湿地

登高鸟瞰，风景如画

额尔古纳河

像一只洁白的手臂揽着

两岸大片的滩涂

盐蒿，芦苇，与飞鸟……

更像是一本画册的书脊

任风与阳光翻阅

每一页，都风景如画

每一个季节

每一天都风景如画

走在木栈道上

就好像踩着了湿地的肋骨

和怦怦的心跳

在额尔古纳湿地

我想写的每一句诗

都不及湿地的一棵小草

在我的家乡有一片黄海滩涂

是额尔古纳的八妹

在此，我代表黄海滩涂

代表麋鹿，代表丹顶鹤

向你问好

大哥，天寒地冷

多多保重

2019.7.5

　　我们在呼伦贝尔的最后一站，是成吉思汗的行营。一个比较大的蒙古包，和几个小的蒙古包。大的蒙古包门前的显目位置，挂着一张羊皮地图，我对此并不感兴趣。对里面售卖的银器也不感兴趣。一是口袋里银子不多，二是买了除了老婆也没有什么人可送，而老婆对这些银饰似乎也不感兴趣，她比我更不舍得花钱。相反我对讲解员讲的有关成吉思汗用银子试毒的逸事很感兴趣。话说成吉思汗的父亲被人毒死后，毒在成吉思汗的心里留下了阴影。据说在一个宴会上，想害他的人给他上了一杯毒酒，他用右手无名指蘸酒弹向空中，毒酒流到他的银扳指上，扳指发黑了，于是他把酒敬了天。第二杯毒酒敬了地，第三杯毒酒敬了祖先。直到第四杯酒，想害他的人，不敢下毒了，他才把酒一饮而尽。

　　想不到蒙古人是这样歌颂成吉思汗的智慧的。

　　第二件是关于银饰的偏方治病救人的。说蒙古人骑马易得便秘与痔疮，晚上可烧一杯水，倒在银碗里，早晨再烧一杯水，然后把昨晚的凉水兑到热水里，空腹服下，三日必好。

我虽对这个偏方半信半疑，但还是可以试一试的，毕竟有益无害。在别人去买银器的空隙，我去草地上射了几支箭，竟然一次也没有射中。比只识弯弓射大雕的成吉思汗差远了。

　　晚上，入住满洲里的套娃酒店，写了一首诗，说是诗更像是对呼伦贝尔大草原之行的总结。

　　　背着行囊在大草原行走

　　　就像一只蚂蚁在滚着地球

　　　草原真的很大

　　　在呼伦贝尔，无论你想干点什么

　　　都绕不开大草原

　　　草原的草，每下一场雨

　　　都会绿一点，高一点

　　　牛羊都会壮一点，肥一点

　　　草原的星星

　　　都会亮一点，多一点

　　　草原的情歌，就像草原的草

　　　风一吹，又软又柔

　　　被牛羊吃了又长

　　　长了又吃，生生不息

　　　爱情的憧憬

　　　就像草原上的格桑花

　　　开不开花，都叫格桑花

　　　草原的牧民，在自己的牧场

有的骑着马放牧

有的骑着摩托放牧

呼和诺尔湖和呼伦湖

像是草原奶水丰沛的乳房

放牧着呼伦贝尔

在草原上喝酒

要左手端碗，就像端着蒙古包

再用右手无名指蘸酒

先敬天，后敬地

最后，弹下自己的额头

蒙古人说

这是成吉思汗的大智慧

在草原上，月亮越瘦

越像是少女的眉毛

淡淡地贴在天空

昨夜，夜游满洲里

发现满洲里这个边境小城

像是用金子打的

也像是用银子打的——

蒙古女儿的嫁妆

天苍苍，野茫茫

背着行囊在大草原行走

就像一只蚂蚁在滚着地球

天边很近，故乡很远

2019.7.7

这是我为呼伦贝尔大草原写的第九首诗，但我不想以此作为此文的结尾。因为我还会为呼伦贝尔大草原写第十首、第十一首、第十二首诗……于是，我打开QQ音乐，放了一首降央卓玛的——《呼伦贝尔大草原》

我愿意在这天籁般的歌声里，张开双臂再次拥抱一下呼伦贝尔大草原，与呼伦贝尔大草原说一声再见……

以后，远方会更远

去年九月签了待岗协议开始待岗，生活一下子似乎变得风雨飘摇起来，也曾想出去再找点事做，却终于还是回了老家。这两年母亲的身体一直不太好，总想回去看看，却不知疫情何时结束，害怕我前脚走，后脚就要上班，所以一直犹豫着未能成行。现在待岗了，时间反而充裕了。

在光明租的房子，一个月房租九百。这一回去就得两个月，我想换个单间，把东西存一下，这样可省一半的钱，但最后还是作罢了。一是怕搬家，先得找个单间搬出去，然后上班了，又得找房子再搬一次。二是确实有许多东西舍不得丢，可是不丢又嫌东西多。

这次回家，拍了关了水和电闸的图片，发给了房东。还在地上撒了一点玉米粉，若有人进来可以录个脚印。然后锁门回老家，心中难免有些得意。前年回老家一个月，水电费竟然比上个月的水电费还要高，超过了房租。我在电话里与房东理论，房东爱答不理的，我很生气。

可待我回到深圳一看，空调是开着的。这让我很意外，因为我这个人有焦虑症，对门窗水电特敏感，出门一般都要检查好几遍。可空调确实是开着的，虽心中有疑惑，也只能认了。

后来，听网上说旧手机可作监控，便照着视频弄了半天，终于还是没有弄成。我一直以为自己智商还行，其实挺笨的。

除了写诗之外，我什么都不会。

回到老家，第一件事就是回四岔河看母亲。母亲说她前胸后背烧人得厉害，检查下来却并没发现病因。中药西药吃了一大堆，也并不见好转。

第二天，我和小妹一起带母亲去中医院找了相熟的医生，医生说，要不住一个星期院试试，兴许挂点水会好得快点。我问医生，什么原因引起的，医生笃定地说是胆囊炎引起的。母亲似乎对医生的说法并不服气，但也并没多说什么，只是说不住院。于是，医生便开了六百多块钱药，说只要吃两天就会好许多。

事实上，正如母亲预料的那样，这些药一点用也没有。我打电话问小妹，怎么办，小妹说，要不就住几天院。母亲住院挂了两天水，觉得没效果，硬吵着要出院。后来，又去别的医院找了老中医开了中药，也没见效。母亲说，不看了，看不好了。

看着母亲痛苦又绝望的神情，我不知道如何安慰她。如果这辈子不写诗，学个医就好了。只不过"如果"是最不靠谱的，这世上也无后悔药可吃。

大概回老家半个月左右，深圳又有疫情了。我因为是从深圳回来的，被要求连续做了三次核酸，好在都是阴性。

我已好久没见过老家的雪了。临近年关时，飘了一点小雪，没一会儿就停了，好像就是为了安慰我一下似的。只不过雨一下就下了两天，天灰蒙蒙的，气压也低，连呼吸都不舒畅。小时候，记得母亲说过，天要下雨，就得让它下透了。我不明白话里的含义。

后来父亲走了，留下了母亲。

我写了一首诗，《只要下一场雨就好了》。

只要下一场雨就好了/鸟鸣会像玻璃/被洗得透亮。夹杂在雨水中/藏起锋芒露出温柔/只要下一场雨就好了/烦闷的日子，就会过去/呼吸会畅快起来/前面还有好多好日子/一眼望不到边/只要下一场雨就好了/就像一个悲伤的人/需要好好地大哭一场

随着父亲的离开，老屋、桃园、竹园、池塘、两棵枣树、十棵银杏树……也都没了。母亲搬到了四岔河小妹那住了。

我去了深圳。虽有悖"父母在，不远游"的古训，却也是无奈之举。在深圳的艰辛自不必说，也不想说。这世上没一个人是容易的，容易的也是从不容易开始的。

好在我百度、抖音，查各种的资料，觉得母亲是抑郁了……在我回深圳的路上，小妹告诉我带母亲去看了神经内科，自费开了一种专治抑郁的进口药。

医生说，找她看就对了。菩萨保佑，医生没说错，母亲的病真的好起来了，与我通电话时，又有了往日的笑声。

好在现在的远方再远，也可以视频聊天。但我与母亲很少视频聊天，我怕看母亲日益苍老的容颜。我明白这是自然规律，可就是不能接受，我似乎也有点抑郁了。

专家说，六七十岁的老年人，大多都有程度不同的抑郁，我也快六十了，有点抑郁，实属正常。

每次离开故乡，总会觉得以后远方会更远。或者说，以后，再没有远方了。

旅途因为一次又一次的行走，而被剪短。在季节的印刷厂，我并没有把日子简单地装订成书，最起码也得让它像落叶，让风吹上一会儿，哪怕像一个抱着肚子忍着疼痛的人，在地上翻滚一会儿也行。

我分散着藏起所有的日子，或者正因为远，才不再让人觉得一览无遗。以后，不再有远方了，远方就像一把拉到了底的卷尺，重新回到了轴心。而我对未来的妥协，与世上一切的欢乐与悲伤都无关。以后，再没有远方了，脚印也不再是指责和歌颂的证据。

窗外的工地尘土飞扬，把楼下的私家车都当成了沙画盘。我的窗玻璃也是灰头土脸，天天穿着一件脏衣服，它们与周边的高楼大厦都在等一场雨，苦等一场雨。可我不信人间这件脏衣服，一场雨就能洗干净，更何况那么多的污水，该往哪里排泄。一个悲观主义者的早晨，一开始就充满了忧虑，当然，也充满了期待和憧憬。

霞光烧红的天边，脚手架，与巨臂擎着这个城市的吊车，在霞光里像一片黑与红剪影的树林，人们像鸟一样地经过，然后，还会回到这里。城市建设的魔力也许就是这样，不管这些工地，建筑机械与我们有没有关系，但它和我属于这座城市，像我一样，都想让这座城市更加美好！

有时候，我在大街上闲逛，突然觉得这些工地消失了。这种感觉已出现过多次，有时是大街上的树木空空荡荡的，人群空空荡荡的。有时是路上的车流空空荡荡的，身边的高楼空空荡荡的……我熟悉的世界一切都是空空荡荡的。仿佛一个假设让我迷糊。但凭我的经验，这个状态不会持续多久，这个世界就会重新把我塞得满满的，谁也别想身轻如燕。无论你在这座城市干的是什么工作，你的肩上和心上总有一部分压力来自这个城市，来自对这个城市不绝如缕的美好的幻想。

窗外的世界是灰色的，墙是灰色的，电线杆子是灰色的，风是灰色的，空气里有灰尘的味道，这是正常的，与干不干净没有关系。至于，别人的窗外是什么颜色的，我一无所知。但肯定也有灰色的和不是灰色的。我的窗外只有我一个人看得见，即便我打开门，让你也站到我站过的位置，你看到的，兴许也不能和我一样。那时阳光，正好突破了云层。所以你的世界是金色的。我窗外的世界就像一个影院，我站在窗前，只放属于我的电影。而一旦换了一个人，就会换到另一个片子上了。这世上每个人都有一个频道，我们只看自己的频道，只听见自己的话。

以后，远方会更远。

晚霞烧红的天边，脚手架，巨臂擎着这个城市的吊车，在霞光里指给我们的远方，便是明天。

没有比明天更近的远方，我们还有很多的明天，一个一个明天加起来，众多的明天加起来……

以后，远方会更远，更值得每一个清晨和黄昏。

秋日进行曲

天气依旧有点闷热，有许多相关的段子，算是老生常谈。但还是有新鲜的说法，说再这样不正常地热下去，或者要不了多久，北方的房价会涨。海南的东北人会迅速回到他们的故乡。

至于有多迅速，我想只要不超速违章就行。

就我在深圳的感觉，似乎也没那么玄乎，虽说茅洲河边依旧花红草绿，但芦苇绽了白发，若以女性来个参照，它们定然已算不得窈窕淑女，至少是个少妇了。虽说雨季刚过，流水力大无穷，管不得炎热一路奔跑……但蜻蜓与蝴蝶的旋舞似乎还是见了松懈，早晚还是明显地凉了。

立秋算是个分水岭吧。记得母亲说过，秋天的雨下一场就凉一场了，就像夏天的一壶脆茶，被凉水激了一下又一下。只不过我喝热水怕烫的话，会比母亲直接，喜欢在一杯热水里加一瓶矿泉水，然后一口气咕咚咕咚地干了，这样既解渴又爽快，只是要小心呛着，不过即便呛着，也算不得什么大事，咳嗽几声就好了。

我算是个喝水常被呛着的人，一晃已快六十岁了。如若按季节论，我觉得可为深秋。拍了拍屁股上的尘土，走马的秋天，枝头露出鲜美的果实。有荔枝、桂圆、杧果等。我的故乡在北方，自然也有许多的果实，在此我不一一赘述。故乡的秋天，棉花越来越白，母亲的腰越弯越深，她的蓝布围腰里聚集的温暖，像一只只白鸽，紧贴着她的身体，坠着她的腰，她必须要用双手叉在两胁，才能缓解腰要命的酸痛。这是劳动落下的印记，或者说是肌肉记忆，更为恰当一些。

滩涂上，大雁的羽毛抖落，引得芦花乱飞，见什么粘什么。只要你从秋日的滩涂走过，衣服、头发、裤子上就不可能不粘上几朵芦花。但不管你粘多少芦花，能飞起来的也只有芦花，没有你啥事。

秋天给树上的蝉打上记号，就成了寒蝉。青蛙开始着手冬眠，蚂蚁写在地上的粉笔字，被秋风一吹就不见了。陈旧的麦草垛，等着月亮补装；雾气压住的炊烟，很容易触及鼻腔里郁积的辛酸；羊圈旁的栅栏上，丝瓜花还在喋喋不休地开着，仗着秋天的好阳光撑腰，秋风憋足了劲吹了几次也没能一下子吹灭。

秋天的蠓虫也有迷眼的黄昏，我们一边走一边舞着双臂，像是在与谁告别。这没有什么，即便没有蠓虫，我们不是也在每天与自己告别吗？记得有谁说过，宇宙并没有时间，只有运动和空间，我这个人愚笨，还是愿意相信时间的，相信白昼与黑夜，相信春夏秋冬，相信时间画在我额上的皱纹……如果没有时间，我对我自己的沧桑与衰老将无以释怀。

现在的城市，除了蟋蟀，其实乡愁也是隐藏着求偶的元素的。只要你够执着，在物欲横流的时代，还在坚信爱情，至少在我看来是伟大的，是有信仰的，哪怕偏执一点，哪怕结果并不很好，也没关系。有时，相爱的人看似千山万水，可只要掀开秋雨就能遇见，就能洞房花烛，生儿育女……时间，或许就是公平。沿着流水散步，河边的柳叶空出的柳丝，串起一场场的秋雨，赠予相爱的人。

然，所谓伊人，依旧在水一方。

一阵凉风吹过，突然意识到已是秋天。今夜的茅洲河边，许多的蜻蜓和野花都有了些寂寥。我经过河边时，风车草丢了风车，脸色暗绿。令我想起了诗经里蒹葭苍苍的苍苍，也是暗绿色。连续的大雨，茅洲河水色昏黄，使着小性子。故乡一些令我怀想的人，时隐时现，犹如河中的鱼。捡起一朵落花，它属于黄槿树，有着绢一般柔滑肌肤，可抚摸，可贴着鼻翼使劲嗅，若香气还未散尽，说明秋雨代入的秋意，还只是象征性的。这点稀薄的秋意，刚好符合父亲走远的背影。往事重叠，来不及收拾，犹如席后的狼藉，但不管怎样，还是得收拾干净的。绝不可以拖延很久，按风水来说会影响运气。

因为秋天才刚刚开始，那些烟蒂上残留的指纹与唾液，足以证明它们在人间待过。在茅洲河边，她说天上的飞机是银色的。我说，我小时候在四卯西河边看飞机，它也是银色的。当然，如果再有一大片晚稻就好了，平铺一下阳光和秋声就好了。那种金色足以让我产生误会，以为自己竟毫不费力地回到了童年。

一阵凉风吹过，河水昏黄。这世间能留下的都会留下，留不下的，今天不留，明天也不会留……因为秋天了，可不是秋天了嘛！我没有特别的高兴，也没有特别的愁怅，反正秋意还好，还不能对一棵老榕树有半点轻薄……

梦是另一个世界，有我们遇见过的人和事物。它像一场小电影，编剧是死亡一般的睡眠。我们有时会因为梦醒，逃脱了恐惧；有时，又会因为梦醒，错过了一次艳遇和金币。人生有惊喜也有嗟叹，我早已习惯了这些有惊无险的日子。

我在阳台上遇见了几只奄奄一息的蜜蜂，我把它们送到一朵花下。那日阳光正好，鸟雀在松树上歌唱。我不知道这是复活节，还是一场葬礼。总之，那朵野花的花瓣将被秋风吹落，覆盖在蜜蜂的身体上，荣誉和幸福都还能及时炫耀。当我穿过走廊，回到自己的座位，仿佛穿过了一片隐秘的树林。

梦是另一个世界，就像阳光穿过松树的枝叶，落到了地上。日子有点破碎，有点不完整，其实没有什么。如同我们吃过馅饼留下的饼屑，会被麻雀找到，滋补它们小小的胃和它们小小的孩子。我在树下徘徊，这个世界还是我的世界吗？疑问出自我自己，可答可不答。人生就像是一篇流水形成的散文，梦只是插入中间的一首诗。我想梦见的人和事物，也许只需吹一声口哨，它们便会千军万马地奔入我的梦乡……这样的想法，我知道有点荒唐，可现实中荒唐的事还少吗？我愿意允许自己荒唐一次，并不为过。

梦是一朵野花，它谢落的花瓣让我孤独的灵魂，有了体恤与温暖。它是黄色的、红色的、蓝色的……也有可能是白色的，像一场蕴藏了很久的雪，或者一面白床单，但必定是与病房和疾病无关的白。

茅洲河上有垂钓的人，也有放生的人。信仰是件有趣的事，不能说得太白。我站在桥的中间拍白鹭，尽量避开栏杆。流水的自由很重要，我不能设置障碍，不管是有意或无意，都是伤害。白鹭站在水中觅食，有一种"食不言，寝不语"的儒雅。它飞

.170.

起来的时候，白得像一场雪；不飞的时候，还像一场雪。一群白鹭站在水中，就像一家人在河边准备午餐，流水就像是一张长方形的玻璃餐桌，有几只白鹭飞到了河边的树上，白得像是树开了花。也许，它们只是到树上眺望一下，另外的几只白鹭怎么还不回家？在茅洲河边，春秋的大雁一拨一拨都飞得很高，来去匆匆……而白鹭却留了下来。如果它们也向着天空齐声欢呼，会不会像理发店门前的晨会，吓人一跳。

可是大雁与白鹭，从不喊口号也从不开会。它们的活法远比人类要来得洒脱。我只是稍微冥想了一下，白鹭就从树上飞走了，像融雪，也像落花。

布谷掠过四卯酉河，犹如风从水中取走一块石头，吃水线并没有发生变化。麦子无边无际，麦芒与阳光针锋相对，只是剧情的要求，犹如过家家的游戏。仰望天空，除了蓝和白，秋天似乎也并没有太多的颜色。白鹭落于芦苇，落于四卯酉河。我掏过它的鸟蛋，捕过它水中的鱼……生命总是在弱肉强食。手握镰刀的人从村子里出来，然后与麦子一起消失。月牙，一张欲说还休的嘴，它在高处，知道的秘密太多，总有一天会死于非命。有渔船慢行，赶鱼的响板像记忆的刀剑，直接刺将过来。鱼，像一场雨中抱头鼠窜的人，我只是其中一尾，雨停了，只剩下鼠窜的人。

活着从来不需要意义，就像死亡不需要理由。布谷鸟掠过麦地，掠过村庄、树木、草垛，掠过整个四月、五月……它没有带走一粒麦子，就好像我们路过了这个世界，用铅笔签名，只因容易擦拭，不留痕迹。我们自己写下的诗句，自己并不一定要背诵，一些影子的存在，只是给了我们虚拟的安慰。我们每年都会纠结于芦花的白，那么声势浩大。胜过广场舞，胜过母亲的沉默与不甘，但从来没胜过母亲的爱。

元山广场，这棵榕树好像是突然出现的，它长发及腰，鸟鸣里迈着碎步，摇晃着贵金属的头饰……我只在树下站了一会儿，就走了。脚步轻快，它拿走了我什么？或者我又拿走了它什么？都不再重要。重要的是它让我再次仰望了天空……我的地平线上突然出现的一棵树，我只看了一眼，就被拽住了。被时间掏空了心，又被时间填满了。这个世界上，谁没有爱过的人呢？谁没有过幸福的煎熬呢？多好呵，这个秋天的午后，一棵突然出现的榕树，拿走了我所有的焦虑与孤独，给了我温暖和关怀。

只要秋天的树叶还在树上，哪怕风声再紧，也能听见它们说话的声音。谁会是第一枚落叶？谁又会是最后一枚落叶？不必说得言不由衷，吞吞吐吐。我可是经历过20世纪90年代下岗的人，前途未卜，忧心忡忡的人。有什么呀！谁的一生还没有一点苦难、挫折、失落、误解，被欺侮……终究不过是风雨一场。

在第一枚落叶与最后一枚落叶之间，我曾张开大拇指与食指，比画过一个长度，也就是一杯酒的时间而已。

有什么呢！终归是一醉方休解千愁。

大风向落叶们的头上砍去……

玉观的山

　　远山，其实并不远。有时候打开窗子，远山就像是嵌在窗子上的一幅画，黛绿如云。天渐渐明朗，那黛绿便有了层次，可以分为树、草和摇动的野花。连着山峦的坡地，山民们种了菜蔬与果树，让山峰上萦绕的仙气，有了凡间的烟火。记得昨天上山，山上的麻菜和蚕豆已结了籽荚，野麦子也有了身孕，还有白色的萝卜花似乎也开得一片芬芳。这些在故乡，是要到夏天才有的景物，在重庆的玉观却似乎提前了一个季节。

　　对于山来说，鸟的鸣叫或者就是一首保存得最完好的山歌。风的手指，抚摸着溪水和瀑布，是切入山的骨头里的一种伴奏。鸟越飞越高，远离了工业园区的喧闹。鸟越飞越高，我们的目光不能将它控制，它是有生命的鸟，不是风筝。鸟越飞越高，就像是大山的心跳，有时候我们能听见，有时候又会被我们遗忘。

　　玉观雾多，雨多。雾也不是什么大雾，好像只是一层薄薄的水汽而已，并不太影响视野，雨也不是什么大雨，如果你有闲情与雅致，完全可以携着爱人，或者三两朋友，来个雨中漫步，既浪漫，又有诗情画意。但上山就得选一个晴好的日子了，阳光灿烂，会让我们的内心变得安静和温暖，仿佛只要山风一吹，就能从发际吹走生活中诸多的不如意和不顺心。站在高处看世间万物，你的心中便会有一种顿悟与禅意，对草木、禽兽，甚至于一块石头都充满了怜惜。上善若水，在山上血液似乎被透析，被洁净，抛弃了更多的凡尘俗念。过去的日子，无论是幸与不幸，都是时间的碎片，无须去刻意地回忆和缝补，时间才是最公正的史书。在玉观的山上，我看见一些低矮的山坟，它们的寂静让我心生敬畏，不是对山坟，而是对死亡与时光的敬畏。难道还有什么能比死亡，更让我们对凡尘俗事明了于心的吗？

　　石阶上下来了几只小狗，像是迎迓，又像是阻挡。但我还是看到了山腰上那块平坦的空地，大约有三十平方米左右，长满了各种植物，有知名的，也有不知名的，就像玉观的方言，让我似懂非懂的，有一种说不出的诱惑。它们生龙活虎的状态，扬扬得意的样子让我羡慕，如果可能，我真想在山上搭一小屋，屋前屋后种上庄稼和菜蔬，过一过陶氏隐居的生活。至于花草，我不会侍弄，就不种了，反正满山都是。下山的时候，有一只白色的蝴蝶在前面飞着，或快或慢，好像在带路。是梁祝，是庄子，我只是稍一走神，蝴蝶就不见了……

　　黄昏的玉观，是最惬意的。在工业园区上班的人下班了，他们三五成群地在自家廉租房的楼下，轻松地交谈，坐在楼梯口择菜，抱着孩子在小区的花园里散步，在树荫下抱在一起的情侣，旁若无人地接吻……玉观的惬意是一种没有压力，没有压抑，自然而又轻松的美。玉观的惬意更在于玉观人的一种生活姿态，一种慢的节奏，他们不急功近利，他们不做房奴，有廉租房住就觉得很好。他们生活得随心所欲，不攀比，不追逐。晚饭后，出去散步，小区门口的墙脚下，几个老头老太，席地而坐，守着几摊蔬菜，抽着烟在路灯下闲聊……或者，在玉观人看来，幸福只有自己给的分数才是最真实的。其实，重庆有很多的名山，像仙女山、四面山、南山等，不一而足。但我却偏爱廉租房背后的那片山，据说它是渔洞云山脉的一部分。每天我一拉开窗帘，就能看到它黛绿的表情，平静而又安详，小鸟在树丛中歌唱，蝴蝶伴舞。最主要的是它与名山相比，一是不要门票，二是不挤挤挨挨地，扰你游玩的心境，你完全可以安安静静地与大山对话，与自然亲近。我一直以为所有的山都是由石头，树木和水组成的。名山就好像是价格不菲的大餐，而我更喜欢玉观的山，就像喜欢普通的家常菜。谁能说谁的营养比谁更好呢？

玉观的山边上，有长江和嘉陵江流过……就像是玉观的枕头，双人枕。在玉观，我每天都能听见，两条江和谐的合唱。在玉观的日子，我是有福的，山坳里的民居是有福的，禽兽与飞鸟是有福的，花草与昆虫是有福的。因为在玉观幸福不是所谓的指数，而是一种干净的心境，就像一株山上的翠竹，晨露欲滴。

老家的分量

　　有很长一段时间，故乡对于我，只是诗人们用来思念和抒发离愁别绪，并借此发出人生感慨与呼喊的一个泛名词。我一直以为思乡情绪蕴藏的前提是必须离开老家，有所漂泊与疼痛。我记得思念故乡的诗很多，最脍炙人口，烂熟于心的当属李白的《静夜思》："床前明月光，疑是地上霜。举头望明月，低头思故乡。"诗人借助月光与霜花的想象，看似平静地说出了对故乡的思念与爱。但诗人隐藏在月光里的思乡之痛，却是我难以读懂与体会的。

　　儿子在重庆上班一年多，我一共去过重庆三次。每去一次，都要坐三十多个小时的火车，确实很累。故乡就是从那会开始，从眼睛搬到心里的。在重庆，我吃的第一顿饭，就是最负盛名的重庆火锅，记得我是一把鼻涕一把眼泪地接受了重庆的款待。或者说，是重庆的火锅让我第一次被动地接近了乡愁，想念起老家的饭菜来。而这时的老家已在千里之外，早已成了诗人笔下的故乡。记得没等儿子吃完火锅，我就直奔超市和菜场，我要为儿子和自己烧一顿老家的饭菜，把故乡烹饪得色香味俱全，解一下自己和儿子的馋，那馋是融化在血液里的对故乡的思念。后来，在重庆我又陆续地品尝了重庆的烧烤、干锅、烤鱼，总觉着与在老家吃的重庆烧烤、干锅、烤鱼是两回事。在重庆我最喜欢吃的就数重庆的烧烤，乱七八糟的东西剪碎了放在一起，挺爽。重庆的山确实很美，我曾偷偷地想：随便挑一座带回，在苏北平原也能成为不错的风景。

在没有离开老家之前，我似乎一直在挑老家的毛病。越挑就越觉得不顺心，总觉得老家太小，没有别的城市好——海水被污染过，民居被强拆过，孩子被血铅过……甚至于连生意不好做，也怪到老家外来人口少、老家人骨子里就"崇洋媚外"，喜欢买外地人的东西上来。就像一个孩子撒着娇，对着自己的母亲说，别人的母亲怎么样怎么样好一样。但当我离开老家到了重庆，再到了深圳之后，我却突然发现，其实所有的城市都是一样的，有优点，也有缺点。重庆人过于安逸，深圳人又过于匆忙，只有老家的人好像总是不慌不忙的。而对于我来说，由于远离，不管老家曾经是否给予过我什么，它都是我梦中的故乡，是我最喜欢的小城，可以寄托思念与爱情的地方。虽然，不像余光中的《乡愁》说的那样生离死别，骨肉分离。但每当我走在别的城市陌生的街道上，也会莫名地想起故乡有些浑浊的潮汐，想起大片大片原始的湿地；想起牙獐，麋鹿与白鹭；想起秋天洁白温暖的棉田，滩涂上红色的盐蒿，它的籽实是我见过的最细小的五角星；想起施耐庵，张自成，郑板桥；想起新四军与八路军会合的狮子口……老家，对于我来说就像是一本时光之书，被漂泊的手指不断地翻看默念。对于故乡，或者每个人都会有不同的记忆。我对故乡的记忆最多的是群乐村。四十多年前，叫七一大队。母亲说生我的那天天上下着雪，那年头是计划经济，什么都要凭票。买布自然要凭布票，可布票总是不够用。母亲说看着那洁白的雪地，她恨不得把它立马变成一匹白布，给我扯成毛衫、毛裤，剩下的边边角角的就做尿布。其实母亲的想法并不可笑，那只是一种充满了母爱的想象。虽说不现实，但我却听得心里暖暖的，很舒服。当然，光靠想象并不能解决现实的需求，有时连续阴雨没有尿布换，没办法就用父亲的衣服垫，第二天，稍稍往风里一吹，父亲照样穿着上工。

想想1964年冬天的那场雪，是差点让母亲裁成尿片的，再想想今天的孩子一次性的尿不湿。时间的流逝是很有趣的，比河流两岸变换的风景还要让人不可思议。昨日还是盐碱地般贫瘠的老家，今天却到处高楼林立，宽敞的马路也会像大城市一样堵车。开车的人一边佯装抱怨，又一边幸福地笑着。好像堵车也是一项幸福指数，不堵还不够劲似的。在中国的南黄海，朝阳照耀着的港口新城，更像是一个美丽的神话，现实中的蜃楼海市，充满想象与诱惑。老家日新月异的建设和发展，让我恍惚中觉得它就像是一个青春美少女，天天都在换着一身既合体又漂亮的时装。

在没有离开老家之前，一直以为故乡是用来思念的，没有思念就没有故乡。而事实上故乡是生在血液与骨头里的一种爱，无论你是远离故乡在外漂泊，还是一辈子不离故乡半步，故乡对你的爱其实始终都在，像母亲的唠叨与沉默，不会因为远或者近而减少半分。在老家时我就像是一颗离故乡枝头最近的果子，可以随意地触摸故乡的每一块土地，每一条河流，每一个眼神……离开老家时却又像是故乡一颗被旅客摘下的果子，在异乡的月光下不停地思念。老家，或者一直都是故乡这个词中最重的分量。

滞留故乡

不知不觉，我已回苏北老家快一个月了。

回来时是秋天，现在还是秋天，只是深浅略有不同。我突然想到了一个词，滞留。虽然我可以明天就回深圳，并没有什么事，或人阻止我，但我还是想到了这个词。这或许就是宿命，我和滞留这个词的宿命，虽然表面上毫无关系，但我毫无征兆地被这个词拍了一下，滞留便似乎与我有了关系。

我是那种在一个地方待久了，便不想离开的人。在深圳不想回苏北，到了苏北又不想回深圳。我明白了滞留这个词，不是突然蹦出来的，而是一直在我心里埋伏着的。虽然，用在这里有些词不达意。但我是很承认这个词的。

秋天有些深不见底了。我从不对任何一个季节持有偏见，说明我的心还是没有长歪的那种人。我很渴望能快点下一场雪，这个世界被雪覆盖，又被阳光照耀，那样的美景我已有十多年没见了。

我记得的最大一场雪，是在上高一的那年。雪埋到了膝盖以上，父亲的雨靴有点大，必须要把棉裤脚全都塞进雨靴，不然每次抬脚，靴子都有陷住的可能。

学校离家有十二里地。

几个孩子是一边跑，一边打着雪仗。跑得满身是汗，靴子湿了也不知道。

记得那年期末考试，我的语文考得不错。从教室出来，还在雪地里追到了一只麻雀。我想把它在手心里焐上一会儿，再放它走。可它蜷缩在我的掌心里，反而温暖了我。

我放它走了。

它飞了一会儿，又落到了雪地上，似乎还看了我一眼，那眼神里有友好，也有疑问。

人为什么不会飞呢？

这也是我的疑问，人为什么不会飞呢？我也不知道。

我一边等着一场雪，一边写诗。对于我来说，只有写诗是最能打发时间的。也是时间悄没声地流逝得最快的。这一生，我一直这样挥霍时间，从不问值还是不值。

去乡下看母亲，母亲的身体比先前好了。我可以坦然面对她满脸的皱纹和白发了。母亲搬出妹妹家的水果柿子、奶油柿子给我，我说不要都不行。母亲的那条狗——妞妞也长大了，母亲不断地让它给我做恭喜发财的动作。

母亲知道我缺什么？钱。这似乎有点俗，却很真实。只不过还是改成一个美好的明天，更好接受。我摸了摸妞妞的头，它竟然不让我摸。

抖音上说，这是狗不认我这个老大。它是对的。我的老大是母亲，它的老大也是母亲。

去老宅看房子，没看到。铁将军把门，看房子的大爷说，这房子占用了耕地，手续不全，附近的农场一度想买下给职工做宿舍，价格没谈拢，黄了。他问我，是想买房子吗？我说我家的房子拆了，还没拿到房子！他说，这可复杂了。我说，不急，等我退休了回来，慢慢弄，不怕的。我嘴上这么说，心里却特烦。这房子耽误了好多事，包括儿子的姻缘。

必须要跟他们掰扯清楚了。

去海边看海。并没见到大海，只见到潮水退却后的滩涂，和停泊在港汊的几条渔船。黄海的海滩是泥滩，要看到真正的蓝海，要么去港口，要么随渔船出海。这些都太过复杂。

我更喜欢站在海堤上看日出，看潮起潮落。海离我不远也不近，正好是可以交谈的距离。

可以递给大海一支烟，也可以递给大海一杯酒。

大海会献给我一片红色的盐蒿。

去中华麋鹿园看麋鹿。麋鹿园的麋鹿分两个部分，放养的和圈养的。

麋鹿园里的游客看到的麋鹿都是被圈养的麋鹿，它们会走到你身旁，吃你喂的胡萝卜。胡萝卜二十元一小袋，很贵，但可以喂麋鹿——姜子牙的坐骑，还是值的。

在麋鹿园，还见了2010年的麋鹿王，它的左角根部连续两年长出"匕首"，连任了两届麋鹿王也是第三野鹿区唯一连任的麋鹿王。

2012年的鹿王，拥有200多位王妃。而现在英雄落寞，再不能驰骋疆场，只能在铁丝网里孤独终老。

我曾问麋鹿场的工作人员，为什么要把它们关起来，这不是太残忍了吗？

如放在野外，它会被打死的。工作人员说。我若有所思地点了点头。

我虽还有疑问，但也不便打破砂锅问到底。

这一刻，我特别想去野鹿荡看麋鹿，看野外的麋鹿，铁丝网之外的麋鹿，狂放不羁的麋鹿。它们隐藏在浩浩荡荡的芦苇丛中，小树林和沼泽地里，与人类保持着不远不近的距离，而与大自然融为了一体。

我以为那才是最真实的麋鹿。

时间就这样不紧不慢地过去了，我突然明白，滞留这个词，对于我或许就是一种幸福的表达，并没有词不达意的危险，最多只是放大了滞留这个词的内涵和外延而已。

不管我等待的这场雪会不会下，什么时候下，都不重要了。

我的心里早就有了一场雪，和一场雪保存完好的记忆。

我想让它什么时候下，它就会什么时候下……

歇 夏

学校放暑假，叫歇夏。我对此说法没有异议。

久不听蝉声，总觉得夏日不温不火，没有达到高潮。这样的日子，有点像春天，我天天站在一棵桃树旁，想看看桃树是怎么开花的，可左等右等也不见动静，于是，便有点不耐烦，看桃花开的心情便不再迫切，有点倦怠，可桃树似乎瞅准了我的倦怠，就在第二天，桃花一下子就开了，粉嘟嘟的，像一群灿烂的少女。有三只小蜜蜂，不知怎么得到的消息，比我起得还早，正把头埋在桃花里采蜜呢！

可这个夏天，我左等右等，耐着性子等，却并没有等来夏日的蝉声，这让我不由得想起了老家的蝉声，此起彼伏的——知了知了……扰得人想睡个午觉都不成。好在我那时还小，趁大人们午睡，约几个小伙伴，各自提溜根竹竿，抓一把小麦一边嚼一边在河水里淘洗，直到嚼出一团粘知了的麦精来，把竹竿从枝叶间探过去，往蝉翅上一摁，就捉住了。当然，也有粘住了又飞走的，那是因为日头太大，麦精缺了水分，粘力不够了。

一时间，不知为何耳朵里就蝉声大作，想停也停不下来。我知道又幻听了，前些年也曾幻听过蟋蟀的声音，妻子劝我去医院看一下，我说不用看，只要不想它，转移下注意力，它就会自己停下了。

事实上，也正是如此。也许这蝉声，与蟋蟀声，都是老天的恩赐。有时连我自己都有点恍惚，究竟不知是不是幻听？

十多日前曾去洪湖公园，看荷花。有风，满湖的荷在摇动，莲花还未全部开透，花萼看起来像宝莲灯似的，如果是普通的灯也许早被风吹灭了。有风，满湖的荷都有点兴奋，时不时地露出的莲蓬，让我想起了向日葵，每一粒种子，或者说果实吧，都有自己单独的房间。接着又想起了蜂巢，它与向日葵、莲蓬的建筑很是相似，我不知道它们是谁模仿的谁，又是谁的专利，但对于它们来说似乎一点都不重要，它们在大自然里和平相处，安于各自的阳光与风雨，悠然而自得的状态，令我钦羡。

在伟大的自然界，所有的生命都是高贵的。

赏荷的人多，拍照的人与赏荷的人一样多。荷都很配合，展示出自己的美。

农历五月，若在苏北平原，正是割麦的季节。令我禁不住就想起了天边的一轮月牙，池塘的水码头，和满河的蛙鸣，父亲蹲在水码头上磨镰，不停地用手往镰刀上浇水……母亲说，磨磨就好了。父亲并不看岸上的母亲，只是说了句磨刀不误砍柴工。

天还未亮透，天空连着大地树木都是一种说不太明白的青色，有点像一口新锅的颜色，我在供销社卖过十年锅，对锅的青灰色很敏感。有时候我甚至会觉得整个世界都是在一口锅里的。

布谷鸟的叫声，并不密，它总是不慌不忙地把尾音拉得很长，麦，割——麦，割——，有点像大广播里村长半苏北半普通话的通知，拿腔拿调的，我们反正已经习惯了，我们总不能因为他苏北话不准，普通话更不准而罢了他的官吧。何况在农村，官越小，似乎官瘾越大，惹他没意思。

阳光照亮麦地时，麦子被我们割倒了一大片，我们好像在突破麦子的重围，又好像围着我们的麦浪正在退潮……

一天麦子割下来，晒脱一层皮。

中午，正是蝉声最密处。知了，知了，知了……像一个犯了错挨着父母揍的孩子，在不停地认错。或者，先生问读书的孩子，先生讲的孩子们都懂了吗？不懂下课时找先生问。于是，早就饿得肚子叽里呱啦叫的孩子们齐声说，知了，知了，知了……不知也知了。

割麦的日子，最怕下雨，一下雨，麦子就收不上来，就会烂在地里，父母便会急得心疼，姥姥的药钱，我和妹妹的书钱，还有一家人的生活都指望着这一场麦子呢！好在在我的记忆里，我家的麦子一次也没烂在地里过。父亲好像能掐会算似的，总能抢在雨季之前，把麦子抢收到家。而麦子烂在地里的大多是些平时就靠吃救济的懒汉二流子，父亲习惯暗地里这样叫他们。

我从小就没少挨父母的骂，早上天还蒙蒙亮，母亲就一边做早饭一边嚷嚷着起床了，太阳就要晒屁股了……我起床一看，屋子还点着灯呢！太阳还在东海里呢！没办法，只好一边揉着眼睛，一边切猪草喂猪，父母一去地里，我就通知在河边割羊草的妹妹，蔡扒皮去地里了。蔡扒皮是我根据半夜鸡叫里周扒皮的故事给母亲取的绰号。父亲对我们总是一脸严肃，很少会笑，也很少骂我们，只有在干活时，我们上茅坑的次数多了，他才会嘟噜一声，懒牛上场屎尿多。

我们不敢给父亲取绰号，而敢给母亲取绰号，还有一个原因，是母亲力气小，想打我们也追不上，追上了打了也不疼。不像父亲一巴掌下去，屁股上立马就是五道杠。在学校弄不到五道杠，在父亲那儿，你只要想要，随时都能给你。

割完麦子，我们便会去农场捡麦穗，母亲说收割机割的麦子不干净，说隔壁的小花一天能捡好几十斤麦穗呢。收割机割的麦子确实不干净，但能捡到的不是青的，就是陷在车辙里不怎么饱满的，反正都不是什么好麦子。好麦子也有，就是播种时太靠树林边的，收割机割不到的。等我发现了这个秘密，我就尽往树林边捡。每天捡得比小花多，不但得到了母亲的多次表扬，还得到一块钱的奖励。

那时候的一块钱可了不得了，可买二十个烧饼，还都是带馅的。可我买了小人书，惹得好几个女同学围着我转，我说等我看完了就借给你们看，她们又问，先借给谁？我说，石头剪子布决定。

乡下的孩子早熟。什么事几乎都有自己的小算盘，歪主意。

那时候，我们不赏荷。因为荷太平常了，在我们老家几乎每家的池塘里都种有荷，都有朱自清笔下的荷塘月色。荷在乡下不叫荷，叫藕。每家池塘里的藕不是赏花使的，而是到了八月半挖出来，过节吃的。藕有好多吃法，我只会做两种。煮糖藕就是把藕的两端切开，在藕孔里塞满糯米，放冰糖大火烧开，再小火焖烂就好了。糖醋藕片就更简单了，把藕切成片，起油锅，放藕片，加糖醋，随便翻炒几下就成。不必讲究火候，因为藕生吃也好吃。

我不知道洪湖公园的荷与苏北的藕，是不是一个品种，荷花败时，藕会不会也被挖出来煮糖藕吃？或是就留在荷塘，明年再赏荷？

这个世界的变化太大，连蝉都不敢随便知了知了地乱叫了。我当然也不敢妄加揣测。

刚进六月，在深圳人们就嚷嚷着去洪湖公园看荷花了，我来深圳七年，只看过两次荷花，总觉得今年的荷花没去年的好。在城里过的好像大多是阳历里的日子，而在老家过的是农历里的日子，我时常会把它们搞混了。以前，农历的节日多，也隆重。现在阳历里的节，想想出一个，再想想又出一个，早已超出了农历节日的好几倍。

为了表示抗议，我只过农历的生日，我只记得农历的生日。

夏夜，除了捉萤火虫，就是坐在一盏马灯下一边剥棒头（玉米）一边听故事。牛郎和织女的故事，虽然听得似懂非懂，但还是记住了老槐树，土地公公，会说话的牛，董永和织女。董永的家在大丰的南面东台，说明织女和董永就在东台过过你种田来我织布的小日子。土地公公是从老槐树里出来的，所以，从大丰到东台槐树特别多，说不定土地公公会从哪一棵槐树里出来，就给我们一个美丽的织女呢。五月，槐花盛开的季节，黄海公路两旁的槐花都开了，从斗龙港一直开到了裕华，从海丰农场开到了四岔河、金墩，再加防风林里的，海圩子上的加到一起，不要说百里槐花香了，就是说千里槐花香，也没有人会怀疑的。

我一直都是把槐花当作仙女的，她白色的裙裾散发的清香和甘甜是独一无二的，槐花酿的蜜又甜又香，回味绵长，也是独一无二的。我喜欢独一无二的槐花，长大了要娶一朵槐花一般独一无二的新娘，有一树的白裙子，穿都穿不完。

若干年后，有人写了一首歌《百里槐花香》，终未得流传。我想最重要的原因，就是槐树都被挖了，几乎一棵不剩，哪来的槐花香呢？人们慕名而来，在五月竟然一朵槐花未见，便觉写歌者是骗人的。而写歌者也觉得冤，百里槐花是真有的，就是现在，此时此刻还在我心里飘着香呢。可别人看不见呵，我们对所有的美好已习惯眼见为实。

　　据说挖槐树的原因，是因为槐树刺太多，材质不好，硬，却又容易惹虫蛀，树的节子亦多。做不了家具，只能做做栅栏，围围羊圈什么的。至于百里槐花香，也就那么一会儿，不值得。

　　不知土地公公会怎样想，那些挖槐树的人，就不怕土地公公一生气，把他们从这片土地上抹了，就像他们挖槐树一样？也许那些人切准了土地公公是神仙，有天规管束，是不敢报复他们的？

　　久不听蝉声，是因为蝉少了。这些年盛行吃蝉。几乎天一黑，树林里到处都是打着手电、头戴矿灯的捕蝉人。可怜的蝉未及飞上树梢，喊一声知了，就被人吃了。好在还有一些幸运的，侥幸逃脱了捕蝉人的毒手，飞到了树上，知了知了地叫上几声。只不过蝉声一稀，听起来就没有了先前的欢快了，反而显得有些悲怆。好在现在的孩子玩的东西多了，怕晒，已不会拿着麦精和竹竿捕蝉玩了。所以，蝉声虽稀，略带悲怆，毕竟还是为夏日增添了一些夏日的气氛。

　　只怕再过若干年，就连这稀疏的蝉声也绝迹了。孩子再也不知道这个世界上，有过整天叫着知了知了，好像这世界上的事，它都知道的蝉了。

　　有的蝉是不叫的，我们叫它哑巴蝉。它叫，或者不叫，对于我好像很重要，又好像一点不重要。其实，我对蝉几乎一无所知。它叫，或者不叫都是蝉，叫的也许是念经的和尚，不叫的是打禅的和尚。捉到不叫的蝉，我们会按一按它的胸脯，试探一下它是真的不会叫，还是装的不会叫，是真哑巴，还是假哑巴。是真哑巴就直接把它放了。

哑巴不会说话，叫春花，长得很漂亮，一笑起来很是迷人。可就因她不会说话，是哑巴，从没上过一天学。十八岁，便嫁给了大她十岁的铁匠。说来也怪，她只是与铁匠用手比比画画的，我们都不懂他们在说什么，后来，她就帮铁匠拉起了风箱，再后来全村的人都知道春花的肚子被铁匠搞大了。春花爹和春花哥去铁匠铺把铁匠胖揍了一顿。然后，铁匠给春花买了自行车、手表、缝纫机，外加六百块钱，一家人聚在一起喝了顿酒，春花就算嫁了。

春花爹喝醉了，临了还骂了春花一句，丢人。

春花嫁了铁匠，给铁匠一连生了三个儿子，然后就结扎了。那年铁匠家的榆树上，一连搭了三个鹊巢，铁匠见人就笑，春花见人也笑。

终于，孩子们一个个地大了。

春花老了，铁匠更老了。村里的傻根整天扛着把气枪，在村里转悠着打鸟。一日，在铁匠家的榆树上打下了一只喜鹊，不知何故，一下子从四面八方飞来了许多喜鹊，最起码有好几百只，栖满了榆树、房顶、草垛，喳喳喳地叫着，大约持续了五分钟，才肯散去。我们都不知道这些喜鹊来自哪里，也不知它们又飞回了哪里。这件事，我把它称之为喜鹊事件，对于我来说它真的很神奇，是个难解之谜。

有人说，傻根打死的可能是鹊王。有人附和，也有人不以为然。为了这事，铁匠没收了傻根的气枪，傻根不乐意，两人打到了村长那里。村长问铁匠，你为什么拿了傻根的枪。铁匠说，傻根打死了我家榆树上的喜鹊，断了我们家的喜脉。傻根跺着脚喊，喜鹊又不是你家养的，快还我枪。

村长说，喜鹊虽不是铁匠养的，但确实是铁匠家树上的，你打了，就得给铁匠赔个不是，可傻根也是头犟驴，嘴里只喊着快还我枪，死也不肯道歉。

村长拿过铁匠手里的枪，吼道，这枪谁也甭想了，我带回家填灶膛。听村长这么一说，傻根喊得更凶了。不是春花及时赶来叫回了铁匠，把村长手里的枪拿给了傻根，这事还真不好收场。

这年夏天，铁匠的大儿子考上了大学。村里人说，那些喜鹊是来报喜的。被傻根一枪一打，兴许还真如铁匠所说，被打断了喜脉，铁匠另外两个儿子都初中没毕业，就辍学回家种地了。铁匠家榆树上的鹊巢也再没住过喜鹊。

也许对于喜鹊来说，这三个鹊巢，也算是凶宅吧。后来，风刮刮雨下下的，鹊巢也不见了。再后来，那棵榆树也不见了。

所以，这世上的事，又岂是一只蝉知了一声就能明白的呢？

对于孩子们来说，夏天能干的事，好玩的事可真是太多了。每年发大水，大人都希望雨快停，不要淹了庄稼。可孩子们则希望河里的水，池塘里的水快点漫到地里来，河里的水太深，鱼不好抓，可鱼一旦到了地里，墒沟里，它们便算是瓮中之鳖，再也跑不掉了。

这时候，芦叶正好。可以摘下来折芦苇船，每年夏天，我们放出去的芦苇船，没有上千，也有成百。它们装着我们的梦与希冀，一入水，就翻着筋斗云似的顺流而下。这么多年了，都是有去无回，没有一点音讯。也许它们早已找到了停泊的港湾，正等着我们认领接货呢！

夏日的花还有很多，苦楝花，泡桐花，它们都是紫色的花。紫得像一团紫色的祥云。

蝉，最喜欢的树是苦楝树，我们捉蝉也喜欢选苦楝树，因为苦楝树枝叶并不繁密，便于竹竿穿梭。

久不听蝉鸣总觉得夏天还未到高潮。

到深圳七年，似乎从未听过蝉鸣，就好像自己还未入夏。而深圳的确什么都不缺，更不缺夏天，人入夏而心不入夏，终究孤独。

我一直想蝉与禅是否有相通之处，反正我常会把蝉写成禅，禅写成蝉，并且常常改错也改不出来。

李苦禅的禅，不是蝉的蝉。我提醒自己不要写错。我喜欢李苦禅先生的画，却又说不出个究竟。也许就是喜欢他名字里的禅，画里的禅吧。我喜欢自己这样的回答，喜欢自己知了就知了，不知就不知的态度。

我不说话，心里始终有个禅字。可任我怎么写也不能把禅字写到诗里，但我会努力，我希望还有足够时间，去听禅悟道。

久不听蝉声，我以为自己是只哑巴蝉。但只要我的心里有蝉翼扇动的声音，我就又不是一只哑巴蝉。

作为一只热爱写作的蝉，我与这个世界，只是换了一种说话的方式，或者是对话的方式。

知了，知了，知了……我希望我的诗可抵这三声人间的蝉声。

与秋天对个火

与秋天对个火

　　城中村的窗边，房子太密，月亮不肯见我。一直走到二小附近才遇见了月亮与一群赏月的人。说是赏月，其实也就是借赏月之名，三三两两地聚在一起闲聊，认识的不认识的都能聊上一会儿，大多都是外地人，用带着各自乡土味的普通话天南海北地闲扯。孩子、老家、工作、收入，扯着扯着就熟悉了。

　　今夜的月亮很圆很亮。若不是中秋，很少有人出来看月亮一眼，毕竟月亮的圆缺，与人生并无多少牵连。

　　在我们老家过中秋，似乎要更隆重一些，各家的门前都会摆着树干一样粗壮的斗香，从黄昏一直烧到天亮，桌上点着蜡烛，摆着各色的月饼，祭月神。

　　孩子们都会赶回家与父母一起过中秋，磕头、喝酒、赏月……然后，喝茶、打牌、搓麻将……中秋的月亮从村东头，走到了村西头，一年就又过去了大半。

　　这不免让我有些恍惚，只不过那只是一瞬间的事，以后的日子该怎么过还怎么过。

　　父亲蹲在田埂上抽烟，也看月亮。我也拿了支烟过去，与父亲对了个火，一起抽。这情景让我想起小时候端着两盏灯从厨房到堂屋。风吹灭了一盏灯，就用另一盏灯，将它再次点亮。

许多年过去了，父亲走了，麦地还在，他种下的梨树、枣树、桃树都还在。太阳与月亮有时看着也有点像是两个抽烟对火的人。思念躲过了初一，躲不过十五。月亮并不只有八月是圆的。别的月也都是圆的。只不过在别的月份，人们都是各看各的月亮，没有这么多人一起看的。中秋的月亮，相对于平时的月亮，就犹如平常的日子与节日，不管你重不重视，凡是节日总是要比平常的日子热闹一些的。中秋的月亮又圆又亮，除了对太阳的反射，也许，这么多年，月亮自己也积攒了一些光芒……

每年中秋，想看月亮，又怕看月亮，似乎陷入了某种循环。异乡与故乡，仿佛枝丫上离得最远又最近的果实。一只啄食的鸟，在树上跳了几下，异乡与故乡都在晃动，被啄痛的思念里，还是去年的那些人。

中秋赏月的人越多，月亮就越圆越大，像一个孩子受到了鼓励。每个站在月亮下的人都是平等的，没有高贵与卑微之分。月光是按照身体分配的，按需分配。我向往的生活就像信仰，可以不说出来，只在心里默默坚持就可以了。也可以说出来，让月亮开下光，或许便会有更多的光芒。我们都是些需要照耀的事物，犹如草木、山水，乃至万物。

今夜，我的信仰是月亮。全中国的人，都信仰月亮。我看不看它，今夜它都很圆。天上一个月亮，地上十四亿个月亮，都很圆。如果思念心切，不妨扯几缕月光，总有被扯得心疼的人，目光在月亮上交织。

今夜想起的人，都是相爱的人，不记仇恨的人，经得起月圆与月缺的人。想看月亮，怕看月亮，是中秋。每年八月，思念都有一次年展。菩萨说，不许一人缺席……我们就不缺席。

天空是一间大房子，它的门窗都开在天上。天边的墙，曾以为很近，可走了大半辈子都未曾走到。天空的房顶不高，小时候以为月亮，只要爬上树踮起脚就能够着，还有星星，只要有把梯子，架上草垛，就能把它拧得更亮。

可我没有梯子。

天空是一间大房子，大到找不到它的门窗，高到换不下一只坏了的灯泡。怪不得这么多年下来，星星会越来越少。好在月亮耐用，经历了无数个中秋还是好好的，还是那么亮。在李白与苏东坡之后，还是有那么多人在月下喝酒，赏月，吃月饼，思念故乡……

中秋的月亮，是橘黄色的。上村幼儿园的楼下，婴儿的啼哭，还有漫长的一生需要叙述。橘黄色的月光与橘黄色的灯光融合，呈现温暖的人间。

树木高大，秋天把头埋在胸前呼呼大睡。我两次从树下走过，都没觉出秋意。对于赏月，早已没了孩时的期盼和劲头。岁月沧桑，月亮的圆桌早有了缺席的人。李白算一个，苏东坡算一个……我的父亲算一个，还有更多缺席的人，他们都与父亲一般平凡普通，只有他们的亲人，记得他们的名字。每年中秋，不管缺席多少人，月亮都会支起一张圆桌，供世人团圆……

钟楼上的钟好久不响了。一响，总觉得城里的城墙、老房子，会剥落一些什么。像一个人出过汗后，很容易就搓下的污垢。墙没有污垢，只有苔痕与尘埃。

我平时睡得早，乱七八糟的梦也早。一旦惊醒了，周公解梦也束手无策。城里的钟楼像一只鸟笼，它的动静常常被忽略，也常常被放大。

大榕树下有许多鸟，它们的遗言被钟楼一声声地说出，杀人于无形。

一个人看了下时间，农历八月十五，中秋。我们看月亮，也看日出日落。钟楼上的钟好久不响了，一响，就又有好多人被惊醒。就像中秋的月亮一圆，一年又过去了大半。

风只是一种感觉。被风抚摸过的水有了皱纹，风停了皱纹就消失了。写诗的人，从表面上看都一样，对于我来说写诗的意义，只在于写一首好诗，有一两个人能记住就值了。

中秋的月亮，与其他月份的月亮圆得不一样。只是我还没弄透这不一样全部的含义。

也许，与灵魂有关。

月亮上的图案，每个人都读出了自己的图案。我从小到大，就读出过月亮的许多不一样。中秋的月亮，只有一枚，我读着读着，竟读出了好多枚。

李白的月亮，苏东坡的月亮，只是其中两枚，说不定还是彼此对过火的两枚……

潦草的春天

　　一盏灯。春天的落花，是取下的灯罩，也是吹落的光亮。悲伤的黛玉荷锄，像风想把花埋了，可她只埋了一部分，另一部分还亮着。树枝上的雏果，是沉默的灯芯，内向寡言，别人不与它说话，它绝不与别人说话。当然对于熟人，对脾气的人，譬如风和阳光，有时雏果也会手舞足蹈，滔滔不绝，却很少先开口。

　　记得小时候，住宿舍，晚上做饭找不到火柴，在邻居的门口转了半天，直到邻居问，小刘，有什么事吗？我才会支支吾吾地说，烧饭没火柴了，小店关门了。也许一个内向的人，对脾气的人会越来越少，不对脾气的会越来越多。只不过也许只是假设，古时候有一种交谈，叫清谈，即不谈，谈也只需一个眼神，一个表情，一个动作就够了。就是不说话，也能交谈。

　　高中毕业，十六岁。父亲要送我去复读班，我拒绝了。于是又想送我去学泥水匠木匠，我都拒绝了。我就待在家里白天干活，晚上写小说。小说只写了一篇，没发表就不写了。后来又写诗，写了几年，终于有变成铅字的了。两元钱的稿费单，没舍得取，至今还夹在一本日记本里。绿色的，占据了日记本的三分之一页面，若是草木，也许早该开花结果了。稿费单非草木，它一直是绿色的，省去了一岁一枯荣的麻烦。只不过当初的纪念意义，随着时间的推移，变成铅字的作品越来越多，几乎已荡然无存了。除了头几年还会翻出来看看，这些年从不曾再翻看过。

那年秋天，表姐从安徽的宣城来我家。我从地里回来，满头大汗，我没有跟表姐说话，我生病了，在大队卫生室住了一个星期，表姐没来看我，也没有告别。后来，我收到了她从安徽寄来的书，一本《咬文嚼字》，文言文的，繁体的，我看得似懂非懂，没有看完。另两本是日语教材，我根本就看不懂。父亲说这些书是他让表姐寄给我的。我知道父亲望子成龙，可我只是属龙，不是真的龙。

后来，父亲病退，我顶替进了供销社，再后来，我结婚了，又下岗了，或者说是失业更恰当一些。我在供销社干了十多年，仔细一想，什么都没学到。

她说，鱼不如渔。我说我的鱼是汉字，我的渔是写诗。没人喜欢，也没人想要。若每一首诗都能换一百人民币，也许，可以在老家全款买一套房子，在深圳亦可凑个首付了。可那也只是狂想一下而已，梦一醒一切如旧。

写诗换钱，丰衣足食。杜甫都没能做到的事，我怎么可能做到？我算老几。她总抱怨我不会赚钱，没有学会渔的本领。我说，我如果不写诗，也许早就是小老板了。我是被诗害的。她说，我没治了。其实，我挺赞同她的说法的，一个人若没有一种热爱到病态的东西，这漫长的一生又要来何用？这些日子，我正在减肥，想脱下笨重的肉体，看看灵魂有没有翅膀，可不可以飞。我不傻，写诗的人都不傻，只是有点痴妄，不切实际。

我是一盏灯，也是一盒火柴，和一个点灯的人。

有时候，想做自己很难。

昨日梦中脚下一滑，差点摔下山崖，到现在还心有余悸。这个世界上真希望你好的人，寥寥无几。想看笑话的人，多如牛毛。这不是我说的，是别人说的。一块糖掉在地上，马上就会围上一群蚂蚁，那是好的结果。我不是那块糖，生下来就不是，没有蚂蚁会嗅着甜味奔我而来。如果可能我只想选一个月光皎洁之夜，选一条铺满落叶的林荫道悄悄离开，让死亡成为疑问和谜。

潦草的春天茅洲河独自流淌，阳光认真地把每一个涟漪，都镶嵌了金边。芦雀在草丛中欢叫，蝴蝶飞飞停停，好像十八相送。荔枝树，在开花；黄桷树，在开花；鬼针草，在开花，而我戴着口罩的目光，略嫌潦草，碰触不到满怀心思的春泥。

在红花山上，第一次记住了韭菜花，第二次记住木贼草，第三次记住了木瓜，第四次只想重复一下前三次。石头、台阶、经声，这个春天的一些事物，都会一晃而过；桃花、菜花、木棉花，都会一晃而过，就好像原本很熟悉的字—潦草，就不认识了。

下雨了，我走进一片旧平房，那瓦楞上的草已被风雨吹了好多年了。枯萎了，也吹不走，它的根须都抠进了瓦缝里，指甲里尽是泥。我在这里转了十多分钟，发现了铝合金窗、自来水管道、空调外机、防盗门、网线盒……很明显，岁月的痕迹，已被多次涂改。当人被迫选择了与人疏远，而给了万物更多的自由。孤独是必须的，一盏没有点亮的灯，就像一个内向的人，总喜欢把手捂在胸前，生怕泄露了自己的光亮和秘密。这个世界总有许多秘密是不能说出口的，又心知肚明的。

春天走得很慢，又走得很快。只一眨眼，就跨入夏天了。我的左脚碰到的门槛，右脚也碰到了，不知是算春天的还是夏天的。我避开人群去山水草木间寻找灵感，假装不再关心人类，只关心自然和自己。我不想对这个春天，也不想对病毒咬伤的武汉，再多言语。更不想用一个黄色的段子，改变一种疼痛的情绪，那种委婉，将不会被饶恕。神就在我的头顶，我必须要时刻保持敬畏。在天虹附近，靠近公明一小的路口，木棉树一树落红，碾痛了我。我不由得抬起头，树上的花，还能待多久？这个春天，离死亡很近，离骨头很近，离呼吸与窒息很近……我们都是俗人，都怕死。保持距离，少说话对于我没有什么难度。从小到大，我一直是这样的。有人说我傻，我从不反驳，因为我明白的事，还很少。戴了口罩，就更有了不说的理由了。

这个春天，花有的还在开着，有的早已凋谢。就像这世上的亲人，一笔一画，都很认真。所谓的潦草，只是春天的自嘲，我的借口。追赶春天的蜂车，一路向北。我的爱人，以私奔的形式，说走就走了，没有解释与留言。这个春天的人活得潦草，死得也潦草。

潦草是书法里的草书吗？我的疑问总喜欢搁在心里。每年仓库的门廊上都会有一只燕窝，两只燕子，或者三只燕子，在巢中探头探脑的，蠕动着肉肉的身体，它们就不怕摔下？我亲眼见过它们的母亲，或者父亲嘴对嘴地给它们喂食。这一幕总是让我想起母亲，嚼碎了食物喂妹妹的情景。今年春天，燕子未归，燕巢已旧，没有新泥的痕迹。我在南方，年迈的母亲和辛劳的妹妹，留在了故乡……

一场大雨从地里流进了河里。我折叠的芦苇船已在夜色中起航，过了闸口，就是黄海，一场小雨也能将我淋得透湿。一月、二月、三月、四月，一共下了多少场雨，我都有记录。但是地球死了多少人，只是些冰冷的数字。被雨水泡过，已然苍白。春天的阳光并不吝啬，当我想起它时，就会准时出现。有时，我闭上眼睛，它就端坐在我的内心。在麦田之上，菜花之上，水泽之上，飞鸟之上，槐花之上……

海堤上的防风林，杂树生花，有许多野鸽子栖在树上，又独自飞走，像一块坚硬的石头，击中这个春天，十环有时也并不很难。我们不需要道歉，也不会妥协，任何的生命都有各自的尊严。这个春天狗成了伴侣，更多的野生动物被禁食，就像海堤上的防风林挡住了尘土与风浪。这个春天许多人成了英雄，我也想当英雄，可一想到要以生命为代价，还是会犹豫，因为生命从来就不是我一个人的。

今年的槐花开得早开得白，像一场春天的雪。当然，它也可以推迟一个月再开，那就不是春天的花了。这个春天在出租屋里待久了，突然感觉房子有了我的肌肤、呼吸、心跳，像一件笨重的外套，怎么脱，都脱不下来。林荫道的左边是唱赞歌的人，右边是说实话的人。我一阵小跑，到了一座广场，不是为了忏悔，也不唱赞美诗。阳光多好呵，像针灸。从二月份开始，就想去看场电影，看一些虚构的情节，怎样真实的呈现，可直到现在，都未能如愿。有时春天更像是个意外，它的潦草，就像病人拿错了处方。可再潦草的处方，开出的也一定是药。

一日复一日，起床遛狗，在篮球场转了一圈，欲回家，狗却耍赖不肯回，非要往茅洲河边走。我和狗对峙了一分钟，然后，把狗绳一丢独自回家，狗一溜小跑就跟了过来，乖乖地，很温顺。想到自己平时总嫌工作累，可这次真没事干了，却又开始抱怨无聊郁闷。我们平时总嚷嚷着要自由，可当我们真的获得了自由，会不会也像狗一样六神无主，也像狗一样既想丢了绳，又怕衣食无着。

听见雨声，走到窗口，发现并没有下雨。踮着脚贴着玻璃朝下看，地上也没有潮湿的痕迹。只是除了雨声，耳朵里还有蟋蟀声、蝉声和鸟鸣，不知从何而来。我只有静下心认真谛听，可它们却消失了。"神秘主义的寺庙，城市学会了念经"，犹如魔术从不需要解释。关在笼子里的老虎，烦躁不安，不停地踱步，我也跟着烦躁起来，从今晚到明天，多少步？从明天到未来，多少步？我的心里被疑问塞满，像草垛上挂满的葫芦。

这个潦草的春天，花开过，也落过。潦草不等于不认真，我喜欢书法里的狂草，因为不管怎么狂，都还是汉字的结构，还是有人能认得。

天空还是蓝的好看

台风圆规走了，雨已停了。下午的太阳出奇地好，大榕树掉了几片黄叶，更青葱了。两天没去茅洲河边溜达，心里怪痒痒的。

天空还是蓝的好看，云朵还是白的好看。台风圆规画的圆，没有找到，究其原因，我以为还是圆画得太大，我被规划在了圆内。

这几天，上村新开了一家叫锅三侠的店，每次经过都觉得挺香的。只是地方有点小，摆满了灶具，几个人忙碌着，转不开身。我看着都着急，好在不堂食，只外卖。

两个外卖员，一蓝一黄，在交谈着，黄的对蓝的抱怨，又是两单工厂的，蓝的附和道，我这单也是工厂的。我不懂他们为什么怕接工厂的单，我猜测，一定是有点远。不接吧，又一时没别的单，接了吧，有好单又不能接了，就有点患得患失。

但不管工厂有多远，反正还不至于出了圆规画的圈。

说到画圈，我想起了孙猴子给唐僧画的圈。所不同的是孙猴子画的圈圈中安全，而台风圆规画的圈正好相反。

上村是个好地方，城中村嘛，房子密集，虽不至于握手，亲嘴，但圆规想在此立足，画个圆还真的不好使，至少画不圆。最多是双脚并拢，原地转个圈。按现在的说法，就是伤害性不大，侮辱性极强。

台风一般都是从海上上岸的，说它是海洋生物也不为过，比如鲸鱼。取名圆规，还是挺形象的，头固定不动，尾巴360°一扫，是绝对可以画个圆的。这个游戏小时候我就试过。但大多数的圆不是这样画的，不用头和身体，只用两只脚。一脚找到圆心，另一只脚稍稍打开，找到圆心的脚原地打转，另一只脚跟转就行了。

圆规在城中村画的圆，大致如此。

下雨天懒得买菜煮饭，在美团外卖，找了一下锅三侠，下了单，但未付款。因为感觉挺辣的，最近肠胃不适，所以对辣的食物，还是选择敬而远之。

台风走了，雨也停了。抱了个篮球去篮球场打球。球打在篮板上，哗的一下，又下来好多雨水。像鬼子被赶走后，隐藏起的弹药库，我三下五除二，连续几个篮板球，就给它销毁了。但就痛快程度而言，还是抵不上进球，不说三分球了，就连二分球也抵不上。

记得小时候，台风的名字都是一号台风、六号台风、十三号台风地叫着，就像叫着孩子的乳名。现在突然改成了梨花、圆规什么的学名，反而有些不习惯了。但话说回来，这也挺好的，最起码让台风觉得被尊重了，脾气发作时，会少摔一些东西。光从名字上讲，张三李四王大麻子，还是没有张爱民、李振国、王卫星正式、好听。一个人老被叫乳名，也许会觉得老长不大似的，让人少了自信。

台风来了，今日的流水是新的，两岸的草木也有了新的装扮；今天的云朵是新的，天空也有了新的颜色。在茅洲河边散步，碧道的工作人员说，快离开河边，台风就要来了，水会涨。我想说我是海边长大的孩子，连涨潮都不怕，还怕涨水。但我没有说，我怕说了得罪茅洲河。光明的这几年，茅洲河是我最好的朋友，给了我许多美好与快乐，我们每天都会见面，谈诗，谈人生，不止一次地合影，告别，依依不舍。如果我无意间惹到了它，即便它不在意，明天再见时，我还是会尴尬。一个内向的人，凡事都不会解释，只会在心里由时间去化解，但就这一点，我与茅洲河对脾气。

台风就要来了，我离开河边，作为朋友彼此除了友情，都还应有一点敬畏。

台风黄色预警，孩子们放了两天假。他们会干什么呢？每个时代的孩子都有自己的游戏和玩法。我的时代假期就是割猪草，干农活。

台风总是气势汹汹地来，不声不响地走，有点虎头蛇尾的意思，它把一些折断的树枝丢在路上。就像有人在景区刻的某某某到此一游，都属于破坏。

十月的台风，是秋天的台风。台风过后，光明的秋天，终于有了秋天的样子。风，带着毛茸茸的小刺，梳理着每一个毛孔。往篮球场的台阶上一坐，体验了一会儿秋意，应胜过地铁的弱冷车厢。一只黑色方便袋，在风中飞舞，引得狗的一阵狂吠。榕树下的几片落叶像枯叶蝶，风中又有了重上枝头的信心。

光明的秋天，始终还是暖和的，只是在清晨才会有那么一丝凉意，让人生出了穿长袖的念头。太阳一出来，才发现这个念头有多么可笑。光明的秋天就像是好脾气的父亲，极少露出的严肃，我早已习惯了它的宽厚和善意，有时也会在心底里矫情一下，光明的秋天，我爱你……

台风圆规画的圆，也许很小。就是伴它而行的一场雨。雨停了，还能听到零星的滴水声。现在去摇树，每一棵树都还会下一场雨。或者也不算雨，也不算记忆和伤痛，只是被雨打过的枝叶，抓住了一部分雨，像战俘。一经摇晃，摇树的人又淋了一身雨。但天毕竟晴了，太阳出来了，美好的事情还有很多很多。譬如，对面墙上的阳光，我一直想捉住它们，可至今还未如愿。

抓阳光，绝不是件小事。尤其是台风过后，抓受了惊的阳光。不管要抓多久，抓得到抓不到，我都不会放弃的。一个人的理想是什么，也许不重要，但一定得有。

这次的台风叫圆规，下一个台风会叫什么呢？我也不知道，但会不会叫三角尺呢？也许吧！

但如果让我为下一个台风取名，我就叫它橡皮擦，让它把人间的错误都擦去，给我们每个人一个订正机会……

说真的，天空还是蓝的好看，云朵还是白的好看。

一只喜鹊飞走了

说到喜鹊，我首先想起的是20世纪80年代，父亲请木匠在家里打的花板床，左右两边的床楣都有两只栩栩如生的喜鹊。床打完后，本来父亲想叫漆匠做个漆的，那时候流行菩提漆，就是那种接近马蹄的红。也有可能那漆不叫菩提漆，叫荸荠漆才对，它们读音相似，是我听岔了。

喜鹊在乡下是吉祥物，大人小孩都喜欢。外婆从小就对我们说，喜鹊是不能打的，一打，喜事就不来了。所以，打小我便对喜鹊既喜欢又有点敬畏。对于一个孩子来说，要对某件事物有所敬畏，实在是件不容易的事。

不知何故，父亲一直没给花板床上漆。或许，还是因为农活忙吧！时间一久，花板床反而有了自己的光泽，木头本身独有的那种光泽，由内而外，生成自然，像刷了清漆，或桐油似的，若再上一层荸荠漆，反而显得有点多余了。

记得我结婚时，父亲想把花板床给我当婚床，我拒绝了。我更喜欢简单的片子床。在我的记忆里，我一直以为自己是个听话的乖孩子，现在想来，我内向不爱说话，表面上看起来挺顺溜的，但实则浑身长满了小刺，还是有点叛逆的，至少是个倔脾气。

七夕情人节这天，大人们说喜鹊都去天上搭鹊桥了。我有点不服气，与小伙伴们满村地找喜鹊，结果还真没找到，连只留守的也没有。这么多的喜鹊，整日叽叽喳喳的，突然有一天安静了，去天上搭鹊桥了，确实是件神奇的事。

这件事对于我来说，就是一个谜，几十年过去了，还未解开的谜。母亲一大早听到喜鹊在屋前屋后叫，就会对我说，把家里打扫打扫，今天有人要来。十有八九母亲是对的，来的人有亲戚，有邻居，还有父亲单位的同事。

邻居家门前有两棵泡桐树，树上有两个喜鹊窝，这在乡下很常见。但也有不常见的，那就是喜鹊开会。那一年春天，喜鹊从四面八方而来，在泡桐树上开会，我在树下看着，听着，直到喜鹊散会，都没插得上一句话。

老人们说，邻居家要出大人物了。那一年邻居的儿子成了村里的第一个名牌大学生，十多年后衣锦还乡，虽不算什么大人物，但也足够光宗耀祖，可以说是村里第一个金榜题名之人。邻居家的泡桐树，也成了喜鹊开过会的会议旧址。

这些年在城里打工，老屋早已拆了。但愿邻居家的泡桐树还在，喜鹊窝还在，喜鹊还在……

每每当我被一首歌捕捉，或者，躺在草地上仰望天空，一条熟悉的河流便会突然而至，正被开花的芦苇摇晃。白鹭白得干净，芦雀小得像一粒子弹，蝴蝶把风裁成了白帆，蜜蜂把花拥在了胸间。远山如黛夕阳似火，我们一起举杯，又一起欢歌。这么美好的时刻，心里总会有一种愉悦的悲伤，或者说悲伤的愉悦。

这不仅仅是一种矛盾修辞，也是一种心境的真实描摹。这个世界辽阔，还有许多脚印未吻过的土地，我时常会陷入冥想，眯着眼问，今夕何夕？

有时候读一首诗，就如同欣赏一条河流，起先只是站在河边看看，水色清浅，可见河中石子。附近没有山，谁也不知道石子从哪里而来。有些人自以为水性好，想下去游泳，才觉出这条河并不简单，并不像岸上看到的那样，可惜为时已晚，他们都成了河里的石子，像诱饵勾引着更多岸上的人。

喜鹊在乡下，代表喜气。只要喜鹊一叫，再艰辛的日子，都似乎有了希望，有了盼头。

一只喜鹊飞走了，树枝弹了几下，似乎又下起雪了，挤暖的孩子挤得满身的芦花，接着又抱起了一条腿，开始斗鸡，再然后又打雪仗……岁月就像捉迷藏，今天的自己总也找不着昨天的自己。这一生若没有伙伴，就像下雪天不认得自己的脚印，一只喜鹊飞走了，两只喜鹊飞走了，所有的喜鹊都飞走了，腾出树开花结果，腾出村庄再下一场更大的雪。

喜鹊飞走了，只是去河边饮水，它们还会回来。

它们守候着村庄，一年四季都守候着村庄的喜事，一件也不会落下。

我从草垛的腰间抽出柴火，堆满了灶口。我一边烧火一边用火叉烤着红薯、土豆、花生，有时也烤鸡蛋壳，用手指刮里面的蛋白吃。母亲系着蓝布围腰，在灶台前一会儿炒菜煮饭，一会儿煮猪食，一会儿给羊喂草料和黄豆。那只母羊就要下崽了，需要增加营养。母亲把它从羊棚弄到暖和的灶台后待产。那时的母亲还很年轻，好像总是有着使不完的劲。不像现在脚步蹒跚满头白发，犹如雪中的草垛，时常会愣下神。

记忆中的喜鹊，喜欢在草垛上欢叫。草垛除了被雪覆盖，大多数的日子都爬满扁豆、南瓜和丝瓜，它们开黄花，也开紫色带粉的花，满身的阳光，风都吹不走，雨再大也不褪色。

一只喜鹊飞走了，另一只喜鹊变老了。飞走的那只喜鹊是我的父亲，留下的是我的母亲……

父亲的桃园和树

　　我很小的时候，父亲每次出差回家，带得最多的就是树苗。因此，我家四周长满了各种树，有土头土脑的榆树、槐树、楝树、桑树，还有洋气一点的瘦高瘦高的水杉，与肥肥胖胖的泡桐树。榆树上的鸟好像只是为了栖息，蹲不多长时间就飞走了。只有桑树上的鸟儿胆子最大，喜欢与淘气的孩子们争桑椹吃。哪怕孩子手里都有一把弹弓，鸟儿都不怕，鸟儿一拍翅膀就能躲开弹弓里的小泥丸。在我的记忆里，开过花的树只有楝树、泡桐和槐树。或者说只有它们的花开得更喧嚣一些。槐树的花是白的，却有着榆钱似的嫩黄的花心；泡桐的花是紫的，却染着槐花的白，还有楝树花也是。而水杉树不开花也不结果，只是一个劲地往高处蹿个子，像一个不谙世事的小毛孩子。那时父亲还没从河北带回两棵枣树苗，桑树是我童年记忆里唯一的果树，每年春天，我们都可以先爬上草堆，再爬上桑树摘桑葚吃。父亲总是把草堆堆在桑树下，是怕我们万一从树上摔下，也好有个缓冲，不至于受伤。

　　父亲每次带回树苗种下的时候，都会说一句前人栽树后人乘凉。种枣树的时候也是，我站在父亲身旁，看着那么瘦小的树苗，眼巴巴地想，什么时候才能吃到红枣呵。我总是盼着自己快快长大，总觉得我长大了，枣树也就长大了。起初的个把月，我天天围着枣树转，可枣树压根儿好像不想长大似的，让我失望。孩子就是孩子，没有太多的执着，似乎转眼间就把枣树忘得一干二净。再说，乡下的孩子喜欢想着吃，什么嫩棉桃、生茄子、生花生、山芋、青蚕豆、玉米秸、高粱秆，还有野生的灯笼果、绿丁都有吃过。所以，对枣树什么时候能挂果的事就不再迫切。

父亲在种桃树之前，种的是梨树。父亲不会修剪树型，梨树就长得很高，打药水时就麻烦。得把药水配好了放在一只粪桶里，把喷杆绑在一根长竹竿上喷。那时我便跟在父亲的身后，压着药水机，把水桶里的药水压到父亲举过了头顶的喷头上。一场药水打下来，我和父亲身上的药水淋得比梨树还多。但就是这些高高大大的梨树，在那贫困的岁月换来了外公外婆的药，换来了外公外婆晚年的健康。记得那年，我家的池塘边只有一棵桃树，父亲管它叫毛桃树，这是我家唯一的一棵不是父亲亲手栽种的树。它是野生的，是鸟或者孩子丢弃的毛桃核生成的树。每年春天，毛桃树就会开一树粉红色的桃花，像是春天摁在池塘边的一抹腮红。毛桃是一种最原始的桃子，是没有经过人工嫁接的桃子，未成熟的毛桃个小，味道青涩且酸得牙疼。成熟了的毛桃颜色还是青的，但味道就甜而酸了，而且甜是主要的滋味。因而，毛桃熟透的日子，我家从清晨开始便不断地有鸟雀与孩子造访。父亲说，有朋自远方来，不亦乐乎。我听不懂，只知道那些鸟和孩子都是为了酸酸甜甜的毛桃而来。

父亲的桃园，是实行家庭联产承包责任制以后的事了。那时父亲有了自己的田地，就像书法家有了可供自己自由书写的宣纸。父亲兴奋得一夜没合眼。他把收在一只白布袋中的干干净净的毛桃核，抓在手中仔细端详，就像看着祖传的宝贝似的爱不释手。然后，父亲决定把毛桃核种在房前的空地里，没过多久就出了一批嫩绿的毛桃苗。那一阵子，父亲总是带着好烟往农场的果园场跑，弄回了五月桃、六月红、水蜜桃等桃树的芽签回家嫁接，在父亲没日没夜的操持下，没过几年，桃园就到了收获期。连江南的水果贩子都来我家贩桃子回去卖。父亲是个不会满足的人，他又不知从哪里学来了立体种植。在桃园里套种西瓜和药材，至今我还清楚地记得那药材的名字叫白术。父亲还在桃园里养鸡养羊，几乎季季不落空，多少不等都有收入。那几年，父亲是连做梦都会笑醒。但好景不长，村里一阵风似的长起了桃树。东西一多，就不好卖。虽然父亲的桃树的肥料是棉饼与羊粪，果子大，口味好，不愁卖。但价钱太低，挣不到个功夫钱，不划算。那个年代，销售渠道单一，相当于姜太公钓鱼。后来，父亲就把桃树砍了，又种起了大棚蔬菜。种蔬菜比种桃子辛苦，晚上捆蔬菜要捆到半夜，天不亮，还得赶到镇上去卸蔬菜，一天睡不了几个小时好觉。终于，父亲积劳成疾，进了医院。记得从发病到走，父亲只挺了三年多一点。父亲总是说，前人种树后人乘凉，可父亲做梦也不会想到他用命换来的荫凉，随着自己的一场病说没就没了。

光阴荏苒，在群乐村父亲种满了树的老墩子上，父亲的桃园是早就没有了，只有当年的树木还依旧葱郁，绿荫婆娑。父亲走后，我和妹妹们也都离开了群乐村，到城里谋生了。只有母亲依旧孤单单地被父亲留下的树荫笼罩着，同时被笼罩着的还有陪伴着母亲的小狗小猫，和一群竹园里正在下蛋的母鸡。我和妹妹都曾劝过母亲，搬到城里住。可母亲总是说，她离不开那些小狗小猫，舍不得竹园里的鸡。虽然母亲从未曾对我们说过舍不得父亲种下的树，但我们还是能从母亲的目光中读出那份不舍，那不舍让我们终于不忍把母亲从父亲留下的树荫里扯出来。

每年的植树节，我都会在地里种上几棵小树。因为，我相信父亲说过的前人栽树后人乘凉的后人不仅仅是狭义的子女，而是广义的人类的子孙后代。

一只没有壳的蜗牛

之一：自言自语

大年初二，外婆死了。我的父亲是赘婿，所以我一直习惯叫外婆为奶奶。外婆死的那年我五岁，或者更小。母亲说外婆死了，别出去玩了。我说，哦！可小伙伴们等着打雪仗，我还是出去了。但心里老想着母亲的叮嘱，玩了一会儿就回家了。

见母亲哭外婆，哭得撕心裂肺。这是现在的词，那时我只是觉得好奇，母亲又没挨打，没挨骂，为什么会哭得这么惨。惨也是现在的词，那时我不觉得有什么比过年更重要的事。也不知道外婆死了，就真的死了，这世上就再也没有外婆了。

我是个傻孩子，懂事懂得太晚，更不知人间冷暖。

这些年在深圳，一想起故乡，就是这些自以为早已忘记的往事的碎片，且挥之不去。

早晨七点多的元山旧村，就能从窗户看到墙上的斑驳阳光，便会出门溜达一圈。广场上阳光很好，篮球场上的阳光很好，公园、停车场、红花山、茅洲河的阳光都很好……这些阳光好的地方，我都不是一下子去的，怕别人说我贪婪。我可能今天去广场和篮球场，忘掉一件往事。明天去公园，停车场和学校，再忘掉一件往事。至于红花山与茅洲河，我都是单独去的……它们可以让我忘记更多的往事。

外婆死了，就真的死了，这世上就再也没有外婆了。我不想总记起这些往事，这些往事已随我的年龄形成了巨大的阴影。

我必须每天都出门晒晒太阳，带点鸟鸣回家，回到出租屋，我会翻会儿书，拖下地，洗洗衣服，再坐下来，看看妻子的画。如果妻子还没睡醒，就把她叫醒，给她一个笑脸。总之，我身上的阳光足够把屋子晒暖，不让日子有半点霉味。

如果生活太过沉重，也可以弯下腰，就像一个拾麦穗的人，阳光与鸟鸣都可以自己找到。

十二月的田野，雾还未散尽，一群白狐突然出现，我追着它们，一直追到河边。一群鸟，从太阳下飞来，落在上村的桂圆树上。

那群鸟，落到桂圆树上就不见了，比麻雀还小，比蝉还小，比它们自己的鸟鸣声还小。就像我一钻进了人群，就找不着自己了。我也很小，这么多年了，人微言轻，已习惯自言自语。

大年初二，外婆死了。那年我五岁，或者更小，还没有觉出一个人的死，是比过年还要重大的事。

这一生多半的日子，我都不想说话，习惯自言自语。

之二：脱帽致敬

风来了，树在动，山似乎也在动。这是上午九点，我看见有许多只蜜蜂死在了窗台和走廊上，它们是因为冷，还是因为饿。我看了看山坡上只有枯草，没有花。那些耐寒的小蓝花，今年山上也没有。天气晴好，阳光洒满了窗台，有几只蜜蜂开始蠕动，很显然，它们还没死，至少还没死透，还在挣扎，我嗅到了一种强烈的求生欲望。

我不知道怎救它们，是让它们留在走廊上，还是把它们送到窗外的山上去。我犹豫了，但有一点是明确的，我希望它们生。山上野花就要开了，南方的草木花期会来得早些，只要这些蜜蜂能再坚持几天，也许就能熬过这个早春的日子，见到满山的野花。

面对生死，一只小小的蜜蜂与一个人并没有太大的区别，都会变得不淡定，却又祈求神能让自己活下去。在这个世界上，不管是一只蜜蜂，还是一个人，要离开时，都会有许多牵挂、遗憾与不甘。

我害怕死亡，所有的生命对于生命的态度都是一样的，没有例外。这些蜜蜂会牵挂什么呢？无意间想起《庄子·秋水》里的两句对话。

惠子曰："子非鱼，安知鱼之乐？"

庄子曰："子非我，安知我不知鱼之乐？"

我愿意理解为，我非鱼，可不知鱼之乐，也可知鱼之乐。

这么多年客居深圳，我觉得生活得还好。好，是因为我在物质上对生活的要求不高，而精神上的种种需求与期待，是没有固定标准的。

在租住的出租屋里，这么多年我最大的缺失就是阳光。不管什么季节，阳光对于城中村的居民都是奢侈的事。也许，正因为它是奢侈的，才更让我们在意，牵挂和渴望。

客居这个词，是最近从别人的简介里学来的，总觉得比使别的词，更有面子。不管是深圳视我为客，还是我自以为自己是客，都要比漂泊要好，有一种稳定感。毕竟漂泊与来了就是深圳人，还是要有个过程的。而反客为主却只是一个念头。

客居他乡，我心里始终有一条河，离眼前的山很远。流淌在苏北平原，一排平房的门前。像纵横交错的血脉，缠绕着村庄，麦田，桃园，油菜花盛开的日子。河边的树上喜鹊每天都在歌唱，麻雀也会啁啾，就像这片土地每天都有喜悦，也有悲伤。每年立夏，白鹭都会聚集在河边，守护着自己的孩子，一旦有人靠近，它们便会俯冲下来，驱赶这些不速之客。客居深圳，客字里也许也有不速之客的意思。至于，会不会被赶，那是命。我觉得还是顺其自然的好。

每个人的心里，都有许多别人看不见的事物，它们那么安静，好像从来不想走出来，与这个庸常的世界见面。只有像这群蜜蜂面临生死抉择时，才会突然出现，并且还是集体出现，让我们猝不及防。

有时候，我就站在河边，看匆匆的流水，看两岸熟悉的景物，向它脱帽致敬。这田野的小河，也许并不知道大海的蓝，雨季河水会暴涨，旱季又会干涸。它们已习惯了平淡与从容。不管世态如何，它们都会不急不躁，守着这份生命中难得的平淡与从容。

我从不敢把流水比成时光，也从不敢对它说，逝者如斯夫这个词。我向它脱帽致敬。我也不知道想要表达什么，我脱下的帽子又代表什么。如若要在乡愁与云朵之间，必须选择一顶，我选择云朵。

在城中村，阳光是奢侈的。所以，每次出去，我都会从单位的走廊、公园、广场上带回一些上好的阳光到城中村。这个世界上，我遇见的阳光都是免费的。

风停了，阳光很温暖。我用一只小纸盒把走廊和窗台上的蜜蜂运到了后山的草地上，我希望它们都能活到野花盛开的日子。

这样的日子其实并不遥远，就在生命的牵挂，遗憾与期待中，触手可及。

脱帽致敬，拿现在的话说，就是一种仪式，是肉体对灵魂的敬畏。

之三：白鹭的秘密

早上在沙湾河，发现了白鹭的秘密，它飞起来，也不全是白的，也有部分是灰褐色的，虽然，这部分很少，可以忽略不计。

沙湾的水，很浅。大多来自这个城市的再生水。再生水是城市污水的再净化利用，是城市的第二水源。我不知道再生水可不可以饮用，但河中活蹦乱跳的鱼告诉我们，这些水至少是没有毒的。

沙湾河上有许多钓鱼的人，也有许多放生的人，他们似乎在维持着某种平衡，他们并不是敌人，也不是朋友，他们大多素不相识。

我看见你钓鱼，你看见我放生，看似互不搭界，却各有因果。

信仰是件很神奇的事情，我们必须要有足够的敬畏。

这世上有许多东西，看起来是白的，其实也不是纯白的。譬如月光，霜雪，还有白云，它们的白，也有杂质。越是白的东西，有一点杂质，就会很明显。

这个世上有圣人吗？我以为没有。所谓的圣人在我看来也就是比常人俗人少了一些欲望而已。但人只要还有欲望，始终还是算不得圣人的，最多能算是一个比较纯粹的人。

欲望这东西几乎是与生俱来的，没有人能真的将它完全剔除干净，不管是好的欲望，或者坏的欲望，都不能完全剔除干净。钓鱼的人是有欲望的，放生的人也是有欲望的。

我说，发现了白鹭的秘密，其实，也不全是说白鹭。更多的是在说自己，说人，这世上穿得干干净净的人很多，可真正干干净净的人并不多，有洁癖的人就更少。

反正我不是一个有洁癖的人，也没有与有洁癖的人相处过。我是一个有欲望的人，没有欲望，就像没有希望一样，是活不下去的。至少我是这样想的。我喜欢白鹭的白，也喜欢它的一部分灰褐色。我喜欢正能量，也不反对有时灰褐色地抱怨几句。

如果一定要说这个世上有纯白的东西，没有一点杂质的东西，我想那一定是善良。因为凡是掺了杂质的善良，都是不干净的，算不得真正的善良。

之四：一只没有壳的蜗牛

在深圳没有房子，就如同一只没有壳的蜗牛，随时随地都会受到伤害。同事闲聊，谈到在福田买了房子，或者在南山买了房子……我便会默默地离开，我没有资格加入他们的话题；同学聚会，谁有几套房子，谁谁有几套房子，然后，单刀直入地问我，在深圳买房了吗？买了几套？我尬笑着说，还没有，有时还补充一句，深圳的房价太贵，买不起，试图自己安慰一下自己；酒桌上也经常有人谈起房子，房价，并且劝我买一套村委房。我笑而不答，心里却明白，村委房我也买不起。每当这样的时刻，我都很受伤。好像全深圳就我一个人买不起房似的。

他们怎么就这么有钱的呢？我也不知道。反正他们都比我有头脑，会赚钱。我傻乎乎地只知道写诗，不知道赚钱，租个农民房，有吃有喝，再写两首破诗便觉很幸福。

深圳也不就我一个人没有房子。在元山旧村有一大把像我一样租住在农民房里的人，他们很快乐，并没有因为自己是一只没有壳的蜗牛而感到悲哀。

想一想在深圳住过的地方，民治横岭村，大浪下早新村，公明元山旧村……都是农民房，租住在这里的大多数人，在深圳都与我一样，是没有壳的蜗牛，没有壳的蜗牛与没有壳的蜗牛待在一起，时间一久，就忘了自己没有壳的身份，甚至会产生一种蜗牛本来就没有壳的错觉。

农民房是一条让我的自尊不至于太过失衡的地平线。我为什么没有买房呢？这个问题我还真的思考过。我十八岁参加工作，住惯了单位的宿舍，方便简单，还不花钱，一直到三十多岁离开单位，心里从未有过要买房的想法，而当我开始有买房的想法时，房价已高不可攀了。

我一直抱怨是单位不要钱的宿舍害了我，至今还是一只没有壳的蜗牛，这不是矫情，给自己的无能找借口，至少对于我，这个借口是成立的。

在深圳，这辈子我是买不起房了。想清了这个现实，我的心反而变得坦然了。喜马拉雅山，不是每个人都能爬上山顶的。

我是一只没有壳的蜗牛，受的伤害多了，反而好像有了壳。就像老茧，血肉磨出来的城堡，它的硬度并不逊色于蜗牛的壳。

某日闲聊，我说，这辈子最后悔的就是写诗。远人说，杜甫也说过这样的话。

我知道我是不能与杜甫比的，不光是诗，还有胸襟，都不能比。他也曾是一只没有壳的蜗牛，心里却老想着，安得广厦千万间，大庇天下寒士俱欢颜的事。

我想的更多的却是自己的壳。如果不写诗，如果去努力挣钱，也许，我也早就是个有壳的蜗牛了。

但凡事一如果就不是真的了。

《一只没有壳的蜗牛》其实是一首诗——不知发生了什么，飞快地冲出了家门，一只没有壳的蜗牛，身轻如燕，整个城市都在转移，每一栋楼下，都有一群弓着背艰难前行的人，甚至，还有人被自己的壳压垮了，直呼救命……哈哈哈，我大声地放肆地开怀地笑，一下把自己给笑醒了。躺在出租屋的床上，我羞愧，自以为善良的人，梦中竟也有如此的坏心思。

其实这首诗也算不得什么坏心思，更多的是一种自嘲，至少，我是愿意这样理解的，因为只有这样的理解才更能贴近我写这首诗的本意。

之五：桂圆树

桂圆树开花的时候，我正在树下写一首诗，一只麻雀飞来，打断了我的思路，这首诗的结尾，一句好诗被搞没了，至今也没想起。那是三月，在南方天已很热，太阳已很晒人，我在桂圆树下息了一会儿，发现桂圆树下的风都是香的，甜的。还有那鸟鸣很好听，很鲜嫩，很脆，有一阵子我甚至想，捉一声鸟鸣作诗的结尾，但始终没有捉到。

四月，桂圆树没有落花。

五月，桂圆树结果了。那些淡黄色的花，似乎一夜之间换成了青幽幽的果，满树满枝都是。这个世上有许多事情你只见到了结果，却没经历过程。这很正常，我们有我们自己的经历，我们在等自己的结果。

这些桂圆很小，嫩绿嫩绿，做了亚光处理，像刚从地下挖出的翡翠，蒙着一些尘土，或者水汽，像是保护自己的一层果粉。我试图用指尖擦拭一下，让它发亮发光。我还撩起衣角，想一个不漏地把这些玉饰擦拭一遍，但树太高，我根本就够不着这些果实。

不过，没关系的。

要不了多久，雨水便会洗去它们一路的风尘，阳光就会把它们镀亮。就像弘法寺那些等待开光的物件，它们正在屏息等待着一个庄严的时刻……

桂圆树的果子很小，还没长大，长大了也不大，顶多乒乓球的四分之一大。相当于这个春天，散落在树间的鸟鸣，美好且易碎，或者，我们项间戴的玉饰，必须全力保护。

它们也会全力保护我们。

在元山旧村我已住了两年多了，那棵树就在一排古建筑的旁边。它与这些古建筑同龄，或者略小。它绿色的树叶，就像古建筑遮挡风雨的砖瓦，似乎从未疲倦过。它们几乎每时每刻都葱绿在我的视野里。

桂圆树是南方的树种，在北方我从未见过。是没有人种，还是根本就种不活，我也没去深究过。

在北方，见到的桂圆一般都是干果。米黄色的壳，褐色的果肉，褐色的核。果肉甜而不腻，很有嚼劲。在我的记忆中，只有孕妇、产妇才能吃上。自然，那已是几十年前的事了。

妻子临产的时候，我买过一斤桂圆的干果。妻子舍不得吃，便把果肉剥下存在一只小碗里，怕坏，隔三岔五地还蒸煮它一下。

儿子满月了，回宿舍，想起那一碗桂圆肉，从木头打的碗橱里取出一看，都长了白毛了。妻子舍不得扔，洗洗又蒸煮了一遍，想吃。被我抢过来强行给扔了。

现在，儿子都三十多岁了，有时我们还会谈起那一小碗桂圆肉，妻子没吃上的桂圆肉，就像讲故事。但早已没有了当初的懊悔。

新鲜的桂圆，与桂圆的干果是两码事，2012年，我们来了深圳才知道。

新鲜的桂圆与干果的果肉截然不同，新鲜的桂圆果肉是乳白色的，脆而透明，甜而多汁。最大优点，就是怎么吃也不会像干果那样会上火。

初来深圳时，我分不清桂圆树与荔枝树，总觉得它们的长相也差不多，开的花也差不多，像是双胞胎。

大双子，小双子，是我双胞胎的小舅子。我与妻子结婚多年，才找到了他们各自的特点将他们分清。而一旦分清了，就再也不会搞错了。就像弄清了麦子会拔节，而韭菜不会拔节这件事，就再也不会麦子韭菜不分了。麦子与韭菜不分是知青的笑话，桂圆树与荔枝树不分是我，一个北方人的笑话。对于整个人生来说，或许可以忽略不计。

桂圆的果子打小就是光滑的，而荔枝的果子打小就是有麻麻点点的。我突然想起那首写桂圆树的诗来，那是三月，桂圆花正盛开——在夜晚那些细碎的花，更像是一朵，初夏抱成一团的蝌蚪，憋着气，想喊一嗓子，石破天惊。在夜晚它们朦胧的白被收敛，像碎银攒成了银圆，月亮。父亲在世时，总说挣钱不易，该花的花，不该花的不花。可我总是摸不出刀背，与刀刃。站在桂圆树下，听见年轮里还有动静，像一条隧道，正驶过轰隆隆的列车。或者，抽水机那般粗壮的管道，果实们正使着劲把花挤开。春天就要结束了，该留下的花，不该留下的花，会在一场雨中告别，也可以在阳光下告别。只有风知道它们落下时的忧伤，只有大地知道它们落下时的绝望……

这首诗，没有结尾，又好像已有了结尾，有些事情，就是这样。写桂圆树，写桂圆花，它最好的结尾，不就是桂圆青幽幽的果实吗？桂圆树上被温暖的阳光开过光的翡翠吗？

这世上所有的好东西，神都帮我们留着呢！我们没有必要焦虑，失望，抱怨，而只需要静静地等待。就像桂圆树一边开花，一边等着结果，一切都是最好的安排。

我与桂圆树告别，遇见小区的保安握着测温枪，像被阳光晒蔫的某种植物。几栋写着"拆"字的楼房，被塑料围栏和铁丝网围得严实。废墟的尘埃里有一只小猫撒着欢，扬起了更多的尘埃，回望一棵高大的桂圆树，在上午九点钟的光景，它的树荫，它的影子。

这让我一时疑惑，在阳光灿烂的日子，我也要像那棵桂圆树一样，尽量地丢尽内心的阴暗，成为阳光下明媚的事物。让所有途经桂圆树下的人，心里都会觉得温暖，对明天有更多的企图与期待。

在深圳吃桂圆，吃新鲜的桂圆，已成了一种习惯，它甜而不腻，吃多少也不会上火。

之六：春天的落叶

我一直在想，是写春天的落叶呢？还是写深圳的落叶呢？无论我怎么写，都是对的，也都是错的。春天的树落树叶，在深圳是件很平常的事，就好像秋冬季树木不落树叶，在深圳也是件平常的事一样。

三月，去茅洲河边溜了一圈。发现河边的树上正在掉树叶，这让我有点想不通，这些树叶熬过了秋天，熬过了冬天，为什么春天好日子来了，却放弃了呢？

我的心里隐约有了一种儿欲养而亲不在的怆然。虽然有点风马牛不相及，但好像也不是完全说不通。

春天一袋袋的落叶，是南方的树木换下的旧衣服，半绿半黄，半新不旧，清洁工会把它们运往何处。运去沙漠，给千年不死的胡杨吗？不会的！胡杨树不需要。它在沙漠上已习惯裸着它的肌肉，不畏沙尘，死一般的活着，就像我们睡觉，做梦。只有没有梦了，才算真的死了。

昨夜一夜大雨，茅洲河的水又大了一些，鱼扑腾了一下，以水花的声音，告诉我们快乐，简单明了。如果这场雨下在沙漠，沙子会不会跳舞，胡杨会不会换上箱底自己的新衣呢？鸟儿会不会也像在茅洲河边的树上，一声接一声地欢叫，像洋紫荆花一样，满树都是春天呢？

春天一袋袋的落叶，是南方的树木换下的旧衣服。它们将被泥土重新加工，就像人生于尘土，亦归于尘土。来生还很遥远，目不能及。但只要你坚信，一切就都会有。

许多春天过去了，没留下一个年轻的我。春天也老了，节日的红灯笼被风雨吹旧了颜色。回忆春天就像打开一本相册，一个孩子飞奔而来，与老者重叠。人，就像是一棵树，丢下的落叶，只是虚构的日子。而我们是树中的年轮一个也未曾丢下，向着天空，与太阳，也向着无边的黑夜。不像河水的涟漪那么轻浮，也不像大海的波涛那般张狂。面对人间，内心，一颗落定的尘埃，格外平静。

生死只是一种交替，就像树上的落叶与新叶。我们永不会寂寞，因为我们的旁边还有更多的我们。

之七：鼾声如雷

这个世界终于安静了下来，摸了摸自己，又摸了摸墙壁，心跳的分贝，低于噪声。

手机坏了，一路走一路找着修手机的店，不是关门没营业，就是要价太贵。不就是不小心锁了手机，打不开，解个锁吗，有这么难吗？

在十字路口，等红绿灯。木棉树下，有一朵落花，花苞还没绽开，似乎还有悲伤与欢乐没有说出。

昨夜，并没有风雨呵，花落为何？

黑夜生怕芸芸众生窥透这个世界，宁可万物沉睡、闭眼，做死亡的姐妹。但黑夜还是被黎明替代了，这是事实，没人能改变。至于造物主能不能改变，我不知道。

我发誓这个世界上，还是喜欢温暖事物的人多，喜欢阳光，喜欢向日葵的人多，喜欢欢笑，喜欢春天的人多，喜欢蓝天白云的人多。

就像一粒种子被埋在泥土里，不会永远沉默，也不会欲言又止，它总会生根发芽，开口说话的，哪怕它说的只是一个简单的问候，你好啊！

在水贝公园，鸡蛋花又开了，有乳白色的、淡黄色的、玫红色的，都很美。

黄昏时，我看到的两架飞机飞过水贝公园。银光闪闪的，似乎高过了春天的月影。我用手机拍下了它，将它无限放大。它会飞过陆续开完的油菜花，飞过各自抽穗的麦苗。

燕子们将完成它们熟悉的迁徙，河流将记下新的流水。

我的手机解锁了，花了五十元，比想象的要便宜得多。修手机的小夫妻俩鼓捣了半天，才弄完。从他们的面相看，是善良的。

这个世界终于安静了下来。我不知道为什么失眠，就像不知道你为什么会鼾声如雷。

一个人累了，比谁都安静，没有闪电，也没有雨。

只有鼾声如雷。

之八：一场雪就悬在头顶

我从小就喜欢雪，不只是因为它的白，更是因为它的装饰性，不管是什么不堪的事物，只要雪落得够大，够厚，它们便会被遮盖了，成为雪的一部分，最起码看起来是这样。就好像这个世界是一件旧家具，雪给它上了一层厚厚的白漆，就像新的一样了。落雪的过程，就是对这个世界翻新的过程。记得有诗人把雪比成遮盖霜，我觉得挺贴切。一白遮百丑，这是小时候外婆的口头禅。但是村庄并不丑，至少在我们眼里是美好的，农舍，河流，麦田，树木，草垛，灰堆，竹林，飞鸟，狗，山羊……外婆说，白衣服是挑人穿的，有些人穿得好看，有些人穿得不好看。村庄就是那个穿什么都好看的人。在冬天，它就该有一场大雪。

一场雪悬在头顶，一定是有预兆的。

黄昏时天雾蒙蒙的，麦地也雾蒙蒙的。风也好像含着水汽，把炊烟压得很低，低到房顶，低到竹园，低到草垛，低到灰堆，和吃草的山羊。低到麦地，一群鸽子散了会步，就飞向了防风林背后的农场，狗飞跑着，一会儿就消失了。女知青们在村里走东窜西，忙着用粮票和钞票与农民换花生和葵花子，她们要回上海过年了，能见着爸妈了。大雪之前的低气压对她们没有丝毫影响，她们的笑声很脆很响，像摇着铃儿似的。池塘边的树上，飞鸟归林，好像也不像往日那样吵个不休了。蹲在门槛上抽烟的父亲，不时地会咳嗽几声，好像被母亲灶膛里的烟呛着了。

"能不能弄些干草烧？"父亲转过头，朝着灶口的母亲说。

"今晚会有一场大雪。"母亲转移话题的本事天下第一。

作为一个孩子，我自然希望雪现在就能下起来。但母亲说，雪怕丑，白天下不大。雪下不大，就很容易化了，不见了。只有下大才好，可以堆雪人，打雪仗。所以，下晚点，就下晚点吧。只是雪也等得没耐心，天还没黑透，就下了起来。开始还一大朵一大朵地慢悠悠地飘着，我伸出手，让雪一朵一朵地落在手心里……

母亲叫吃饭时，雪已经大了起来，整个村庄除了雪，再也看不见别的了。院子里一会儿就落了厚厚的一层，我拉开院里的路灯，灯光下那飞舞的雪花多美呵，像一群白天鹅正跳着芭蕾舞……

晚上睡不着，看着窗玻璃上的雪光，好像比月光还亮。我半夜出去撒尿，门一开就大叫一声，雪好大呵，整个世界白茫茫的一片。我睁着眼睛在被窝里计算着还有几天过年，穿新衣，穿新鞋，拿压岁钱去镇上买鞭炮……

一大早，天还没亮透，但雪已停了。我穿好衣服往小山家跑，雪地上只有我的脚印，还有狗与小鸟的脚印，它们起得比我还早，也是被雪闹的吗？小山是个好学生，寒假作业放假没几天就做完了。拿现在的话说，就是别人家的孩子。与他一起玩，太过安静，玩起来不够疯，玩不透，玩不过瘾。但他离我家最近，只隔着一条小河，枯水的时候，可以从河床上直接过去。

小山的父母比较开朗，他的父亲在内蒙古当过汽车兵，母亲也去内蒙古随军多年。总觉得他们的胸怀有着大草原的宽广，见识也多。他们喜欢看孩子们在院子里晒太阳挤暖，与竹园里的麻雀一样叽叽喳喳地闹个不停。还喜欢看我们摔跤，我与小山一般大，摔跤摔到胶着时，他们便会笑着说，今天就这样了，明天再摔。他们从不给我们定胜负。

堆雪人，不用铲子。一群孩子手忙脚乱，不一会儿便堆出了一个雪人，有时也会堆两个。堆两个雪人时，必定会有一个女的，一个男的。女的用茅草做成长头发，眼睛都是楝树果做的，剥去果肉，只用褐色的核，觉得不够大，便会用两颗核做一个眼睛，看起来也没什么不妥。胡萝卜做的鼻子，有冻红的效果，嘴就挖出一片树叶般大小的口子，找一片红纸一按就更生动了。男的还得用一截树枝做一个撒尿的小鸡鸡……众人一阵哗然，雪人就算完工了。

　　孩子们的兴趣不会在一件事情上停留很久。他们先是用雪团扔树上的鸟，觉得不过瘾，便你扔我一下，我扔你一下打起了雪仗。那时候，麦子还黄巴巴的，没有长起来，我们在雪地里嬉戏，我们踩踏着雪下的麦苗，麦苗在雪被下喊，不疼，不疼，一点也不疼。麦苗也是孩子，也淘气，它们也想和我们一起打雪仗吧。一顿乱扔，天就黑了，孩子们各回各家，各找各妈。只有麦苗还留在雪地里，但愿今夜，所有的孩子都有个好梦……

　　母亲看着我脏兮兮地回家，大声嚷嚷，疯够了吧，可不要尿床，被子新晒的。我说不会，我都长大了。老家有个说法，孩子玩疯了容易尿床。尿就尿吧，谁小时候还没有尿过床。只要快乐，就够了。

　　关了灯，窗外一片白光，比房间还亮。不知道为什么，想去竹园抓鸟。晚上竹园里的鸟好笨，用手电照着它一动也不动，不知道是因为害怕，还是睡着了，在做梦。它会梦见一群抓鸟的孩子吗？我们从没真的抓到过鸟，鸟比我们警觉，当我们真要抓到它时，它扑棱一下，就飞走了。我们鸟没抓着，反而被鸟吓了一跳。那时候，我们还没有去想人生的漫长与匆忙。也没有去想它可能有的转折。

父亲踏着雪出去喝酒，又踏着雪回家，对母亲的唠叨置之不理，呼呼大睡。作为男人，我特别欣赏。

父亲也当过兵。后来在人武部工作，摸了大半辈子的枪。他的身体强壮，天不怕地不怕的，从没见他生过病。可有一天，父亲病了，就像一座大山倒了，再也没能起来。

父亲走的那个夏天，农场的稻花正在飘香，蚊虫很多，咬得人彻夜难眠。

一场雪悬在头顶，是美好的，它的企图是美好的。

喝酒是件很爽的事。南方没有雪，但酒还是要喝的，并不为解愁，也并不为麻醉，只为快乐。酒过三巡，我们谈了房价、土地、银行与开发商；谈了金钱、女人、爱情与婚姻；谈了找一个好老婆与坏老婆，至少会影响三代人。当然，也谈了诗与远方，各种鸡毛蒜皮……我说，我一直在想，如果人没了欲望，这个世界会变得更好？还是更坏？朋友说，一定会变得更坏。而我一直以为会变得更好。我不知道是他想错了，还是我想错了。不过这都不是问题，酒话而已，要不了多久，就会随身上的酒气，一起散去。

我喜欢喝酒，但怕醉。记得有一次喝多了去医院打点滴，一边吐一边喊妈妈。旁边有人说，怪不得不能上医院，没病也被吓出病来了。

我发誓，再也不喝酒了。当然，这已不是我第一次发誓不喝酒了，也不是第二次、第三次……喝酒至少在喝的时候是快乐的。

这一生有两件事，是可以让我快乐的，一件是喝酒，一件是写诗。排名不分先后，顺其自然。一场雪悬在头顶，其实是《今夜，我不关心天上的星星》中的一句。夜很静，时间磨着夜色，就像磨着一麻袋粮食。世界，一只藤制的笆斗，即将装满白色的黎明。今夜，我不关心天上的星星，黑暗中返青的麦苗，以及奔向大海的河流。我只关心一盏灯与一本书，这个寒冷的冬夜，呼出的每一口热气，感觉一场雪就悬在头顶。说落就会落，天亮了，我们出来了。有些人却留下了，有些事情我们可以改变，有些事情无力改变。我不关心春天的繁花，江山社稷这些大事，我只关心窗台上的一盆米葱，以及柴米油盐这些小事。至于一缕白发，和一场雪，我可以关心，也可以装作漠不关心。我愿意结束漂泊，终老于故乡。

对于能给我快乐的事，我的赌咒发誓，略等于零。我会继续喝酒，也会继续写诗。或者，我会继续写诗，继续喝酒。我说过排名不分先后，也分不出先后，就像父母，或者兄妹。

除夕之夜，我回到我的村庄。那风是故乡的，那冷是故乡的，那鞭炮声是故乡的。推开家门，心胸突然就宽敞了，不再有出租屋的逼仄与窒息。母亲和妹妹，早就为我们把家收拾好了，贴了对联与福字，并带来了蔬菜、包子、香肠、腊肉、年糕，几条鲫鱼在水池里活蹦乱跳。家，多好呵，过年，多好呵，一切都是熟悉的，又好像是陌生的。东面，是湿地公园，西边，是施耐庵公园，还有远一点的荷兰花海、大丰港、麋鹿保护区……大片的麦子与油菜，一下子好像又都成了我的了，我们家的了。

我看着墙上朋友送的画，妻子绣的十字绣，书柜里一大摞的旧诗稿，有打印的，有手写的，很是舒心。难道这就是我曾经厌倦的家吗？这就是我曾经厌倦的生活吗？此刻，我真想拥抱它一下，亲它一下，跟它说声抱歉。它的风是我的，它的冷是我的，它的鞭炮声是我的。故乡呵，我突然觉得要对它好点，再好点。它就像我的妻子，不管受了多少委屈，也从不曾怪过我。总是让着我，爱着我。

天，还是有点冷。我没用电热毯、空调、取暖器。是因为，床上的被子已被母亲与妹妹晒过许多次，全是家里的阳光的味道，家的味道。我喜欢故乡的冷，也喜欢故乡的温暖，就像喜欢火锅与蘸酱，故乡呵，我已好久没赞美过这个世界，今天，要赞美你。当明天太阳出来，喜鹊在房顶上欢唱，你永远是这世上最美的村庄，我叶落归根的村庄。

除夕之夜，麦地里的雪早已不见了踪影，炊烟飘着飘着就散了，童年，肯定是找不齐了。只找到了儿时抄字本上的铅笔字，缺横少撇的，不知所云。喜鹊，在麦地里跳着踢踏舞，鸽子还是不怕人，三五成群地在麦地里闲逛着。母亲，从黄昏的地里抱回一堆青菜，妹妹在柿子树下挖了一捧青蒜，妹夫在灶上蒸着年糕……柿子树上的灯笼已被灰喜鹊取走，说好明年还回来。

老宅河边的一棵枣树，被时间蛀空倒下了。春天，它的根部又会爆出许多嫩绿的枣树苗，几年一过，枣树苗就又长成了枣树。只是那棵倒下的老树，早已被当作柴火，烧成了灰烬。

这世上有许多这样的老树，譬如我的祖父、父亲，还有将来的我。整理旧书时，在一本老式的养老保险本上，发现了二十多年前的照片，发黄的青春，被盖了钢戳，我翻拍下来，却去不掉时光的印章，就像赵传在《一颗滚石》里唱的："记不得我怎样踏出了老家，与现实这小子，打一架，""翻山越岭后往回看，二十五年哪。"我现在能触摸到的自己，就是一张旧照片，一个陌生的我。

一场大雪落过之后，转眼就到了春天。季节就像是魔术师，春天变出了各种花朵，夏天变出了雨水与彩虹，秋天变出了果实与落叶，冬天变出了一场大雪。我比它们厉害，不但能让自己变老，还能把自己变没了。年轻时喜欢贴着墙练倒立，东写写，西写写，还没写完到此一游，头就秃了。这世上满大街的人，匆匆忙忙。他们与我一样，不再练习倒立和写字，只是低头看着手机。好在每天睡醒，世界还在，家里的坛坛罐罐都还在，只有闹钟里的时间，比昨天少了一天。

今年我见过风雨，也沐过阳光。有过一次彩虹，喝酒大醉过三次，写诗获过三个小奖。工作上，没受过表扬，也没挨过批评。与母亲视频聊天五六次，也就是东一句，西一句，尽扯些鸡毛蒜皮的小事，什么老屋拆迁呵，儿子找没找女朋友呵，就像货船卸货，卸完为止。只是乡愁的吨位超载已成惯例。只要看好吃水线，保证船不沉就行。

一场雪就悬在头顶，它就是我落雪的村庄，有我的父母与妹妹。

还有我结婚时的四间瓦房。

之九：雨中的明和塔

明和塔，在红花山上，晴天看比红花山高，雨天看还是比红花山高。我也许有点傻，从小就这样，爱说些莫名其妙的废话，但又确是实话。

出家人不打诳语。我不是出家人，说的是这辈子，可上辈子就保一定了。我不是出家人，不打诳语倒好像是一种美德了。

这场雨下得急，刚刚还是阳光明媚的。一下雨就下得这么大，躲都躲不开。我在雨棚下躲雨，一边抹着脸上的雨水，在南方的初夏，被雨淋一淋，似乎并没有什么不适，好像还有一点神清气爽。

雨中的棕榈树，在风中得意的样子，很像一个手舞足蹈的孩子，有什么值得这么得意忘形的事呢。是考试考了满分，或者是想到放暑假的事了。考满分对于我是件很新鲜的事，所以，据我的经验，还是放暑假比较值得期待。

尤其是一场大雨过后，河水暴涨，我们脱光了衣服，站到石拱桥上，扑通扑通地往河里跳，有时还学着跳水运动员的样子，举起双臂，头朝下脚向上地跳，一不小心，肚皮便会平落在水面，肚皮被打得通红，却谁也不好意思说疼。

下雨，我们便会在桥洞里躲雨，写作业。直到天黑了，满河的萤火虫都亮了起来，我们才会在母亲的叫喊声里回家。

南方的椰树有点高大，站在风雨中，给人一种临危不惧的感觉。它的大长腿，裤子已撩到了腰上，只有一顶斗笠在风中摇晃，像一个个南方的渔民，出海归来，这场雨正好可以洗一下他们身上的海腥味和疲乏。

明和塔建于2009年，是公明的标志性建筑。明和塔的塔身主体为钢混结构，外观为仿宋砖木结构，塔梯在塔壁内环旋折上，整个明和塔的外观以朱红色为主。

明和塔塔体八面，高九层。每层塔檐的梁头上都悬有一只铜钟，铜钟上的"明和"二字，与檐脊上蹲伏的陶制神兽，都寄有祛灾托福、光明和平的寓意。

雨终于停了。

上山的石阶被雨淋过，由灰白色变成了深褐色。红色的凤凰花落在石阶上，就像是一只只蝴蝶的标本。如果这一千零五个台阶是一本介绍明和塔的书，那么这些凋零的凤凰花便是这本书的书签。在大自然里，凋零无疑是一种新生。

我不止一次走过这一千零五个石阶，也不止一次数过这一千零五个石阶，但一次也没数清过，不是多数了，就是少数了。这或许就是天意吧。

明和塔好像并没有被雨淋过，塔身的镏金与朱红还是那么清晰平和。塔顶的天还是蓝的，云还是白的，木鱼声与诵经声还是与我上次听到的一样，好像从来就没有停过。

我伫立塔下，朝着明和塔双手合十拜了三拜。这是我的信仰，我的佛就在明和塔，也在我的心中。

明和塔据说是公明的中心，也是公明最高的地方。放眼望去，公明的高楼大厦，大街小巷，一草一木都尽收眼底；已开通的地铁6号线，和正在建设中的地铁13号线也尽收眼底；我租住的元山旧村，我艰辛而又美好的生活也尽收眼底。

明和塔在红花山上，比红花山高，比我们的生活高。像天空一样，需要仰望。在明和塔上，只要我伸出手，似乎就能够着星星和明天。但我没有，我对未来其实没有太多的奢求，即便有，我也希望是水到渠成的那种，唯有水到渠成才会让我的心更踏实。

塔下跳舞与晨练的人都已散去。我看了下时间，快十点了。即便不下雨，这时候晨练的人也会散了，下山买菜烧饭了。

卖棉花糖的小夫妻俩还在，刚下过雨，生意不怎么好。他们主要是靠星期日、节假日挣孩子们的钱。人多时，想来一个棉花糖尝尝，硬是要排队的。而我这个人最怕排队，最怕等。所以，几次想回忆下童年，都未能如愿。今天，棉花糖摊前没有一个顾客，我买了一个棉花糖，一边吃一边下山。

艺术棉花糖，只是给棉花糖来了一个卡通的形象而已，与童年吃过的大朵大朵白色的棉花糖，几乎没有什么区别，我感觉还是童年的棉花糖更甜一点。

下山的石阶，明显平坦了许多，没有上山时的石阶陡，不需要扶手。半山腰上有一凉亭，一个环卫工人正在打扫。我在凉亭里的石凳上坐了一会儿。刚才上山时，脚好像崴了一下，但好像并不疼，我甚至有点怀疑是不是就没有崴了脚，只是一种臆想而已。

下山的路旁尽是树木，树下有许多蚂蚁，有的在上山，有的在下山。好像字典里进进出出的文字，它们是要写红花山，还是明和塔。红花山与明和塔是一本书，可以一起写。

说到蚂蚁，我不由得想起最近新闻上看到的红火蚁。

红火蚁亦称无敌的蚂蚁，据了解，红火蚁是全国农业、林业和进境植物检疫性有害生物。红火蚁区别于普通蚂蚁的主要生物学特性是具有攻击性。如有人发现疑似红火蚁蚁巢后，在巢边上用力踩几脚，几秒钟后就会有成百上千只蚁拥出并四处爬动。

被红火蚁咬了，据说最严重可致休克。所以，我对红火蚁还是有点胆怯的，甚怕树上掉下一个来。可一路上并没有遇见一只红火蚁，这是我的幸运，也是红花山与明和塔的幸运。

不过这也没有什么好奇怪的。人可以分好人坏人，蚂蚁当然也能分好蚂蚁，坏蚂蚁。红火蚁，就是蚂蚁中的坏人，我们惹不起，还怕躲不起。这样想来，下山的脚步便更轻快了。

回望明和塔，它就在红花山上，比红花山高，还是要抬头仰望。明和塔代表的高度，不仅是物理意义上的高度，还有精神层面上的高度，与灵魂，与信仰等高。

雨停了，好日子，一只摔到地上的玻璃杯，并没有碎。麻雀摇晃着竹林，初夏的竹笋，已脱下竹衣。从婴儿到少年，只是瞬间，学会了说话，写字和张开双臂……

雨停了，好日子被阳光照得有点反光，有点耀眼。一个崴了脚的人，脚一点也不疼，是不是就因为在明和塔下，得到了神的庇护。雨停了，就好像从没下过。一个崴了脚的人，脚一点也不疼。明和塔，还在红花山上，我仍在仰望，每时每刻都在仰望。

晴天的明和塔，在红花山上，也在我的心上。雨中的明和塔在红花山上，也在我的心上。

连接它们的，是未来的一道七色的彩虹。无论是晴天，还是雨天，我们都可以踏着彩虹上山，登一千零五个台阶，去仰望明和塔，朝拜明和塔。

我们对明天的憧憬与明和塔，在一条地平线上。

乡间散记

***

春天来了，我说不喜欢春天，不喜欢花开花落，花落又开，就像一个人摇着一把大蒲扇，在田野走来走去，每一棵树都扇上几下，先把花扇开了再扇上几下，把花扇落了，一直扇到花都落尽了，一直扇到花都白开了……

这人间的欢喜与忧伤呵，这人间的花花草草呵，都逃不脱开开落落的命运。

而事实上这世上并没有一朵花是白开的，它经过春天，树木，鸟雀，它是果实脱下的婴儿衣，被土地和年轮收起，待明年还可以再穿。

我说我不喜欢春天，只是想表达喜欢与爱的区别，只是想说说不喜欢的背后，就是我爱春天。这个世界上没有一朵花是白开的，它们都会在秋天，看到自己的果实。人也一样，所有的爱恨情仇也一样。阳历是城里的，农历是乡间的，菩萨允许每个人都有两个生日，而我只过农历里母亲生下我的那个生日。如同我们放自然于佛经，诵读善良，所谓的选择就是没有选择，只能选择善良。

春天的花是因，果始终是果，只有大小之分，没有别的差别。佛说一切的安排都是最好的，我相信我有过的春天就是最好的春天，没有人能够改变。

我说不喜欢春天，只是因为心里特别想说，我爱春天。

就好比春天是我的青春，这世上有谁不喜欢，不热爱自己的青春。

***

苏北平原，其实除了没山之外，其他都是一样的。有树，有水，有高高矮矮的房子，有鹊巢，竹林，和各种飞鸟。黄海从苏北平原经过，它的蓝像一匹丝绸，被月亮抱在怀里，大海的花是白色的，像一只喜鹊腹下的积雪，像收花站堆在一起的棉花。麋鹿在春天会竞争鹿王，鹿王的王冠是青草与树枝做的，那些母鹿都属于鹿王，都是鹿王的妃子。而爱情是石头，总是沉陷在性欲的海底。

你可以抬起头，仰望星空，说出你的梦与理想。远方是大雁告诉你的，厮守是芦苇教会你的，但你低头就会发现脚下的泥土，种子播下去会长出粮食，人埋下去，只能生出白骨，骨笛能吹出的音符，该是怎样的忧伤？这样的忧伤通过白骨吹出来，还有什么可说的，还有什么说不透，看不穿的。就像烟囱里柴火吹出的炊烟，可以上升为白云，也可以低为早晨呼出的一口热气，人生一直向前，时间的道路不容后退，怀念是我们留在昨天的尾巴，不能硬扯，无论多么微不足道的事物，都会有不为人知的疼痛，被人们捂着，像捂着秘密与耻辱。

春天的桑叶被蚕吃着，吃出了一条丝绸之路。

***

我必须要说一下春天的麦苗，整个冬季总是被雪盖住的麦苗，它黄中透绿，绿中透黄，就像地皮上半枯不枯的草，我们可以在雪地里追赶那些黑黑的麦鸟，像一片叙述文中又蹦又跳的标点符号，循规蹈矩的标点符号，出没于冬日的字里行间。春天的麦苗像一群刚生过病发过烧的孩子，病一好，就调皮起来，绿了起来，大口大口地嚼起了阳光，雪水，春雨，氧气，和暖暖的春风，先学会了舞蹈，又学会了像水一样掀起波浪，它每天都能听见自己骨骼拔节的声响，就像吹着一支麦笛。春天是世界上最大的麦笛工厂，风和阳光是这个世界上独一无二的麦笛演奏家。先是喜鹊，鸽子，麻雀，白头翁，斑鸠，芦雀，三喜子们心情好了起来，然后连去年啼血而死的布谷鸟也飞了回来，它的影子落在麦浪上，就像爷爷放下了一条又一条捕鱼的小船，它们麦割麦割地叫着，由远而近，又由近而远。

它们好像一点也不怕，会为麦子再死一次，只要大地上麦子还在，还会由黄变绿，由绿变黄，像阳光一样铺天盖地，散发着大麦酒的芬芳，变成滋养人间的粮食，布谷鸟可以再死一万次。

每一个真爱的人，都愿意为爱人死一万次。

为了能死一万次，我们且活好这一次。

***

春天的池塘，就像村庄嘟起的嘴，芦苇就像是它毛茸茸的初生的几茎胡须，会不断地变得浓密，我不知道它的初吻会给谁?

阳光，树木，野花，天空，云朵，飞鸟……凡是经过池塘的事物，都曾被它吻过。

而我是喝着池塘里的水长大的，吃着池塘里的鱼虾长大的，吃着池塘里的菱角和莲藕长大的，人类留给大地的吻，最初都是印在食物上的。

我在池塘里学会了游泳，可并没有像鱼一样长出鳃来，用鳃呼吸。但我会在水中睁开眼睛看着自己赤裸的身体，就像回到了母亲十月怀胎的腹中，新生儿的第一声啼哭，都是被水憋的，为一口新鲜的空气兴奋着了，喜极而泣。

　　一只翠鸟莅临池塘，就站在芦苇上，就像给池塘这枚戒指嵌上了翡翠，那么鲜艳，那么坚持，一天，两天，三天，翠鸟守着一株芦苇，守着一个池塘，一声不吭，就当我以为它会守着池塘一辈子时，它却不见了。池塘戒指上的翡翠说飞了就飞了。就像初恋一样，都以为会是一辈子，结果却大都无疾而终。这世上所有美好的东西，好像大多都是为记忆准备的。我想这些东西里肯定会有春天的池塘，接受了我初吻的池塘。

　　风吹池塘柳，依依草木情。

　　池塘就像面镜子，榆树就像是镜柄，只要把它举起来，眼前的麦地与身后的麦地就连成了一片，麦浪的尽头是天边，它拍出的浪花是绿色的，又是金色的。

　　那些飞鸟什么的，最多算是镜框上的花边。

★★★

　　草房子。泥墙。春天化雪时的冰凌顺着茅草挂下来，像孩子拖着的鼻涕。田野里堆着桑泥，它被从河底挖出来的时候黑得发亮，经过一冬之后，又恢复了泥土原本的颜色——黄。乡亲们握着钉耙把它敲碎，再把它耧进一行行的麦垄里，作为肥料，改善土地的肥力，又不会伤了土地，是绝对的有机肥。

　　麦地里的麦子见风长，它的波浪扑打着那些草房子，像一次又一次的表白，像一次又一次的抚摸，终于有人打开了窗户，让五月的麦浪一拥而上，草房子就像是装满的粮仓再也容不下别的事物，别的人，别的表白和抚摸。

布谷声起，水码头上的磨镰声，越来越亮，越来越快……

麦子此时的心情是复杂的，像是面临着婚姻，生育，又像是面临着幸福的死亡。此时的草房子已打开了所有的门窗，让麦子看到了它内心的喜悦。

风中飘着麦香。我们在麦地里低下头，挥镰收割，然后把麦子一捆捆的用板车运回打谷场，就已是夏天了。我们往脱粒机里填着麦子，看麦子四溅的麦粒，欢快地离开了麦秆，麦穗，就像是看到了麦子的灵魂。

终有一天，我们也会看到自己欢快的灵魂的。

就像草房子是大地的灵魂一样，我们在草房子里生活，日出而作，日落而息，我们就是草房子的灵魂。

对了，我还忘了说一说那些在草房子的土墙上挖洞居住的野蜜蜂了，它们胖胖的身体，在田野上飞来飞去，浑身上下都是阳光与花的味道，阳光越好，那味道就会越让人迷醉。让你不得不怀疑这美妙的春天，就是它一趟趟地从南方运回来的，藏在草房子的墙里，再一点一点地运到了田地里。

那些野蜜蜂就是这个春天的运输机，往返于天地间。我们闭着眼睛，也能想象得出草房子是幸福的，满足的。

草房子就像是20世纪最后的童话，而我只是经过了它，经过了它的疼痛与眺望，就像一只喜鹊，在房顶上欢唱过贫穷而又平凡的时光。

我想我是这个世上住过草房子的最后的一个幸运者。

我是幸福的。对这个世界要得越少，就越容易满足，就像那些停留在我生命里的草房子。

记忆中所有温暖的阳光，都好像是草房子熟悉的笑声。

★★★

油菜花开，就像是一幅国画完成了水墨的部分，开始着色了。那金黄的颜色是根须从泥土里提炼出来的，还是阳光在绿叶里光合出来的，其实并不重要。我更愿意相信是春风画出来的，它就像是马良的神笔，只要轻轻一挥，就能取来彩虹里所有的色彩。桃红柳绿，菜花的黄，梨花的白，尤其是蚕豆花，白中带紫，紫中带白，像燕子一样栖息在绿叶丛中。菜花的黄是平凡的，也许只有平凡的东西才能这般铺天盖地，满眼的黄，满地的香。

我特别好奇，菜花一开，白蝴蝶，黄蝴蝶就飞来了，它们翩翩起舞，浑身沾满了金色的花粉，它们的突然出现好像很平常，又好似天外来客似的让人意外和惊喜。它们或者就是越剧里追赶爱情与春天的梁祝吧，对于它们来说，也许人间与天堂是相通的，好像树木的年轮，我们看不见，但它们看得见，它们跟着年轮的旋涡起舞，直到花谢了，才会曲终人散。在菜花黄的日子里，我时常会侧耳倾听，芦苇拉着流水，就像拉着一把小提琴，油菜花用肩抵着小河，风一吹，整个花枝都会随风颤动，随琴声颤动，琴声悠扬，如果画出线谱，也许会是苏北平原一张完美的心电图。

至于那些蜜蜂我知道是坐着卡车从南方来的，一箱箱地放了油菜地里，就像一只一只琴箱，与芦苇与小河琴瑟和谐。而蜜蜂就是这个春天的金色的音符，在菜花丛中飞来飞去地采蜜，酿蜜，除了自给自足之外，还把蜜献给了人间的芸芸众生，供他们苦中取乐。由此可见，春天的每一个音符都是涂了蜜的，是甜的。适合写诗与恋爱。

油菜花开尽时，放蜂人把蜂箱装上了卡车走了，并且把房东的女儿小菊也带走了。他们风雨兼程，一起去追赶爱情与花期了。

苏北平原的道路是平坦的，喜剧总是多于悲剧。

菜花开了，大地像是龙袍加身的黄帝。苏北平原作为巡抚也得了春天赏赐的一件黄马褂。黄马褂上的蝴蝶与蜜蜂都不是绣的，都是真的，活的。

我喜欢菜花盛开的春天，那铺天盖地的金黄是大地的，是苏北平原的，也是我的。

在人间，我愿意是一只采蜜酿蜜的工蜂。

不是公母的公，是工人的工。

也许我的生命是短暂的，但我短暂的生命都是与花和劳动联系在一起的，是干净和纯粹的。

***

我对玉米地的记忆是甜蜜的。

我读过郭小川北方的玉米林，南方的甘蔗林，它们都是青纱帐。而帐子里肯定是床，玉米林的帐子里，玉米一行与一行的行距很宽，之间长满了柔软的青草，像是小旅馆的大通铺，可以男男女女的挤在一个屋子里和衣而卧，大多彼此相安无事。

那个年代，未婚同居是作风问题，我记得一个苏州男知青和无锡女知青钻玉米地被捉住了，被五花大绑地被批斗，觉得很有趣。那时候我不懂什么男欢女爱，也不太懂阶级斗争。但总觉得大人们都很好斗，爱挑事，今天你斗他，明天他斗你的，很热闹。记得我小学同学的爸是大队民兵队长，姓白，名兴财。一开批斗大会便会挎着一支老掉牙的步枪，神气活现地在会场上走来走去，嗓门又粗又大的，很能唬人。村里的妇女哄小孩睡觉，都说再哭白兴财就来了，据说很有效果。

也不知从什么时候开始，村里的青年男女，只要一好上就爱钻进玉米地里搂搂抱抱的，根本没人管了。开拖拉机的二棍子和三娃子的媳妇大白天钻玉米地，被捉了现行。三娃子气力小，瘦且多病，地里的活时常由长得三大五粗的二棍子帮着干，所以，也就睁一只眼闭一只眼地过去了。只是他的三爷不服气，年纪越大脾气越倔，几次三番找大队书记闹，说要放在他当民兵队长的时候，不把他打死，也把他斗死。可结果二棍子照旧和三娃子的媳妇钻玉米地。白胡子一大把的白兴财，也只得长叹一口气说，三娃子不争气，我管有毛用。

郭小川的玉米林，写的是革命的浪漫主义，我写的玉米地是革命的现实主义。

至于我为什么会说，我对玉米地的记忆是甜蜜的，在这里我必须交代一下，那就是我和老婆的初吻也是在玉米地里完成的。

我还曾把十月怀胎的妻子比成扬花结实的玉米秸，生命中谁有这样的记忆能死憋着，不说出他的甜蜜呢？就算憋也憋不住一辈子吧？我也是憋在心里好多年以后，实在憋不住了才说出来的。记得那夜的玉米地里飞着好多萤火虫，好像玉米地里住着好多一边吸着烟，一边闲聊的大老爷们。我记得那夜村头榆树上的月亮好圆好亮，是我这辈子见过的最圆最亮的月亮。玉米的叶子不是绿的，是金色的。

月亮也不是白的，而是橘黄色的。

***

我坐在石拱桥上，看天边的晚霞，桥下的流水好像也停止了流动，就像悄无声息的时光，和我一起，也在留恋着这黄昏最美的景色。

我把脚悬在空中，不停地晃动，就像一个轻功了得的绝世高手，在水面上行走，一条运粮船从桥下经过，水摇着两岸的芦苇，好像有鱼群出没。如果我是孙悟空就好了，我就先把作业做完，然后再把猪草篮子里装满了猪草……上课时，最好还能变成一阵风，每节课都提前十分钟把下课的铃声敲响，把校长和老师的手表都快转十分钟，再偷偷转回去。我还要在课桌的台箱里养一只麻雀，若被老师发现就把麻雀变成一只蚂蚁，让检查我台箱的老师每次都扑空，让他怀疑自己出了幻觉，还不好意思说出口，最好还能让他当着全班同学的面，给我道一个歉。

如果这样还不过瘾，就从头上拔根头发捏在指尖，用嘴轻轻地吹一口仙气，就变成了好多个我，一个代我上课，一个代我做作业，一个代我站黑板，一个代我背书，背乘法口诀……反正只要是我不喜欢干的事，都交给他们干，我只干我喜欢干的事。

可每次都是在我想得最出神的时候，母亲出现了，揪着我的耳朵就往家拎，为了能减轻疼痛，我只好跟着母亲的手，把头低到她的腰部，侧着身子跟着走。看来当孙悟空的事，这辈子是实现不了了。

不过石拱桥的好处绝不仅限于看晚霞一种。若是被父母骂了打了，我还可以躲到桥洞里睡上一觉，让他们找，让他们着急上火，满世界地喊我的名字，我就不搭理他们，谁让他们揍我的。可自从被小石泄了密，这招就再也不灵了。

我坐在石拱桥上看晚霞，看着看着星星就出来了，看着看着许多美好的日子就掉到了河水里，悄无声息地溜走了，看着看着就到秋天了，两岸的芦花都白了……